2
サトウとシオ
illust.たん旦
隣のクラスの美少女と甘々学園生活を送っていますが
告白相手を間違えたなんていまさら言えません
産

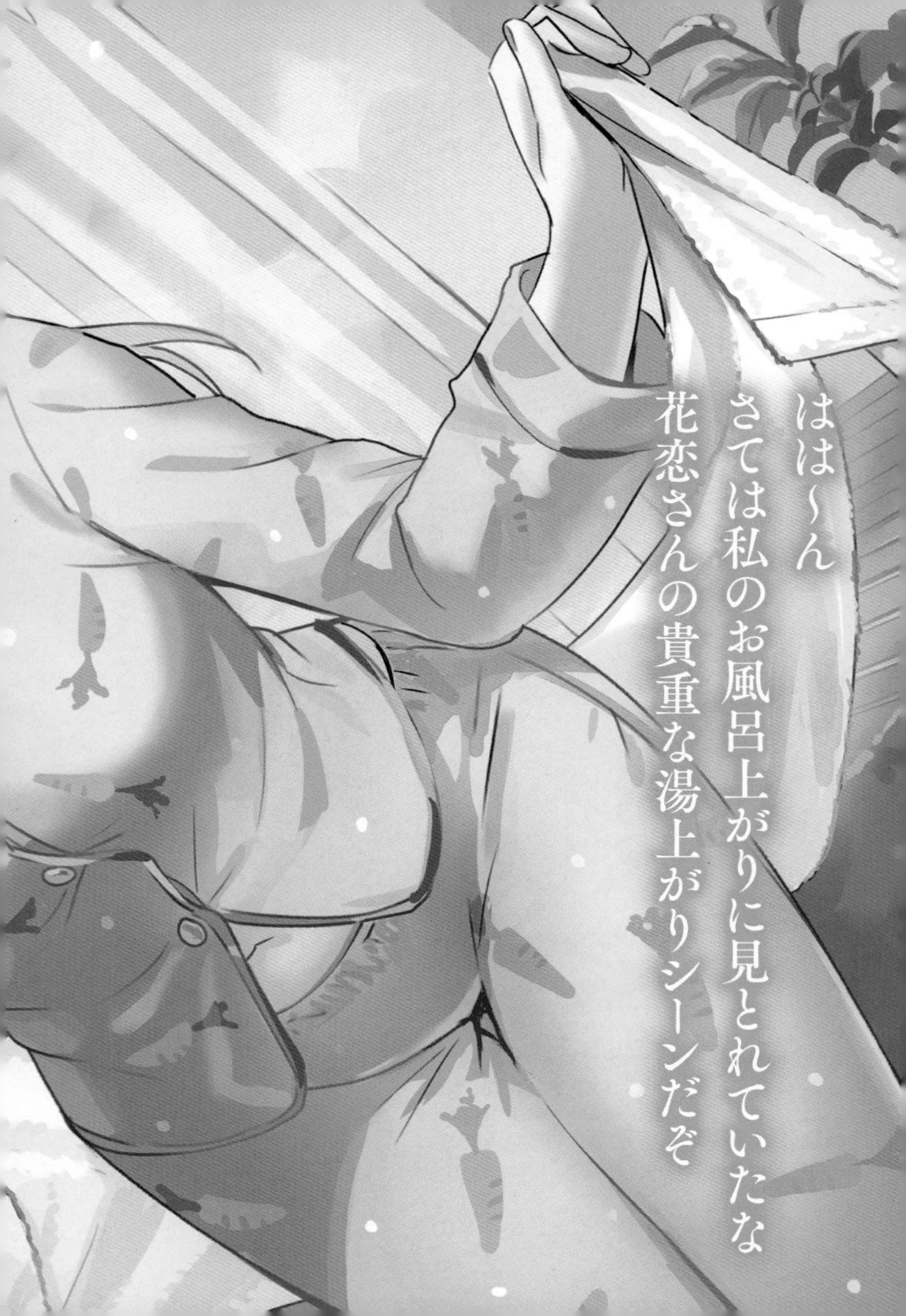
はは〜ん
さては私のお風呂上がりに見とれていたな
花恋さんの貴重な湯上がりシーンだぞ

告白相手を間違えたら同居生活はじまりました!?
クラスメイトに言えない2人だけの秘密。

光太郎様、
私の膝があいておりますよ？

じゃあ私の手荷物
そこに置いていいかなっ？
呉越同舟、一触即発!?
温泉でのドラマ撮影に波乱必至!

桑島さん
何やって
んの……？
ッ
!?

SKET
BO
フンス！
フンス！

CONTENTS

Satoutoshio,
Tantan
Presents

隣のクラスの美少女と甘々学園生活を送っていますが告白相手を間違えたなんていまさら言えません2

サトウとシオ

GA文庫

キャラクター紹介

竜胆光太郎

頼み事はなんでも引き受ける桐郷学園の『断れない男』。片想いしていた深雪に告白したつもりが、間違えて花恋に告白してしまう。

遠山花恋

現役高校生ながら読者モデルの仕事をこなす学年一の美少女。光太郎のことがもともと好きで彼からの告白をもちろん受け入れた。

♥桑島深雪

地元の名家・桑島家のご令嬢。光太郎が本当に告白したかった相手。つきあい始めた光太郎と花恋の関係をいぶかしんでいる。

♥青木さん

桑島家に仕える謎の女性。深雪の付き人として学校にまで付いてくる。深雪に従って光太郎の身辺に探りをいれる。

プロローグ

初夏の香りが教室中に広がっている。

校舎や校庭に燦々《さんさん》と降り注《そそ》ぐ日差しは厳しく、空調が効いている教室でも窓際《まどぎわ》は照り返す陽光で熱気を帯びている。

衣替えで半袖《はんそで》となりあらわになった生徒らの腕に薄《うっす》ら汗が浮かぶほどだ。

その窓の近くの席にて一人の少年が机に身を乗り出し気温に負けじと熱く語っていた。

「色々あったが学園公認マッチングアプリの開発は着々と進んでいるぞ光太郎《こうたろう》」

「ジロウ……誰も聞いていないよ、そんな進捗《しんちょく》状況」

光太郎と呼ばれた少年は熱語りをする同級生に困った表情を向けていた。

竜胆《りんどう》光太郎。

桐郷《きりさと》高校の一年生。なんでもできる器用さと頼まれたら断れない性格で中学では周囲から「キリチューの断れない男」として頼られる少年である。頼まれごとも多岐《たき》にわたり部活の掛け持ち、荷物の運搬、果ては恋人の愚痴など……周囲の信頼が厚すぎて、もうなんか占い師でも始めたら一財産築けるのではと、まことしやかに囁《ささや》かれる始末だ。

一方、熱語りしているのはジロウ……本名、鷹村俊《たかむらしゅん》。

整髪料を付けるのが下手なのか、髪になじまず塊《かたまり》が引っ付いている様子から「爆食ワイルド系ラーメンをひっくり返したみたい」といじられて以降、長男なのにジロウと呼ばれるようになった「モテたい系非モテ男子」である。

そんな彼は「学校内マッチングアプリ」という奇天烈な代物《しろもの》の開発状況を熱く語っていた……どうやら汗ばんでいるのは日差しのせいだけではなかったようだ。

「女子にモテたい」『これでようやく自分に彼女ができる』という情熱と欲望が彼の体温を著しく上昇させているのだ。このクラスの室温の一、二度は彼のせいで上昇していると言っても過言ではないだろう。

「前にも言ったろ光太郎！　恋愛研究部を作りたい！　そして学校の非モテ男子に彼女ができる環境を作りたい、学園内マッチングアプリはその一環なんだよ！」

光太郎はその一件を思い出したらしく苦笑いを浮かべた。

「あぁ、そんなことも言っていたような……色々あって忘れちゃってたよ」

「色々」に含みのある光太郎、そんな彼にジロウは乾いた笑いが漏《も》れ出てしまう。

「ハハハ、そう言えばお前に彼女ができたのもその時だったな。アプリいらずで羨《うらや》ましいなコンチクショウ」

口では憎たらしそうにしているがイジるようにニヤニヤしているジロウ。

その顔に光太郎は苦虫を噛《か》みしめたような渋面を見せた。

「……んもう」

「なんだ光太郎、告白のお膳立《ぜんだ》てをした……恋のキューピッドである俺《おれ》にそんな表情を向けてどうした？　何か言いたげだなオイ」

「言いたくもなるよ！　だって――」

光太郎がジロウに何かを言おうとしたその時である。

「ふっふっふ、言い訳なら署で聞こうか」

ガシッと何者かが光太郎を背後から羽交い締めにした。

ふわり漂う良い香り、髪の毛が耳や頰《ほお》をかすめてくすぐったいと光太郎は身じろぎしてしまう。

何者かと振り向くとそこには――

「あ、か、花恋《かれん》さん」

明るい髪色に明るい表情。

着崩した制服、スラリとした足と垢《あか》抜けた雰囲気の少女……隣のクラスの遠山《とおやま》花恋が彼の背後から抱きついていた。

読者モデルをこなしメディアにも露出する学園一の有名人。さらには地方テレビ局のドラマオーディションで主役の座を勝ち取りかなりの知名度を誇るようになった……もはや学園の枠を超えた存在。

そして……光太郎の彼女である。

告白したのは光太郎から……しかし実は別の人間に告白する予定だった。

あろうことか周囲が勘違いし花恋を呼んでしまい「告白間違い」をしてしまうという複雑な経緯を持つ。

そのまま真実を言えずにズルズル……ジロウのニヤニヤ顔に渋い顔を見せたのは、そんな理由あってのことだ。

花恋は光太郎の手のひらを握ってはプニプニしだす、まるで肉球を堪能《たんのう》しているかのような雰囲気だ。

「イエス、アイム花恋！　で、いったいどんな悪巧《わるだく》みをしていたというのだね」

「わ、悪巧みなんてしていないよ」

「いやーしていた、していなくてもしていたことにする！　誤認逮捕は世間の信用を失うから何が何でも君が悪巧みをしていたことにする！」

「あ、悪辣《あくらつ》刑事じゃないか！　――アイタタ！　腕取らないでよ」

彼女の過剰《かじょう》なスキンシップに友人の丸山《まるやま》も呆《あき》れ顔だ。

「花恋、日に日にエスカレートしていない、竜胆君への愛情表現」

それに対し花恋は実ににこやかな笑みを浮かべる。

「しょうがないよ。勤労、教育、光太郎は国民の義務だもの」

「納税はどうしたの⁉　お国が財政破綻しちゃうよ！　……その前に僕の腕が破綻しちゃうっ」

苦悶《くもん》の表情の光太郎。その困り顔と肉体を堪能した花恋は爽《さわ》やかにおでこの汗を拭《ふ》いた。一仕事終えたガテン系のような綺麗《きれい》な汗だった。

「ふぅ……やっぱ『家でも』楽しいけど学校でイジるのはやっぱ格別だね」

「………………家でも？」

ポロリこぼれた花恋の一言につい聞き返すジロウ。

ピシッっと光太郎、花恋、両名の体が一瞬固まる。

不思議な間が周囲に漂った。

なんともいえない空気を感じた光太郎は慌《あわ》てて喋《しゃべ》りだす。

「あ、ほ、ほら！　花恋さん家でお母さんのこともイジっているから、そのノリで言ったんだよね？」

「そ、そうなんだよねアッハッハ！　光太郎君とお母さんちょっと雰囲気似ているんだよね！ところで本当に何の話をしていたのさジロウ君」

露骨に話題を変える花恋、その勢いにジロウは気圧《けお》される。

「あ、いや、別に悪いことはしていないんだけど」

そんなジロウに丸山がこれ見よがしに嘆息《たんそく》した。

「聞いてよ花恋、ジロウのやつ学校内専用のマッチングアプリを作っているんだよ」

「え、なにそれ」

ちょっと引いている花恋にジロウは慌ててその利便性と必要性について弁明する。

「き、聞いてくれ！　これは恋愛弱者救済のためなんだ！　それに遠山さんみたいに何度も告白されてうんざりしている人のためでもあるんだ！　要求するスペックや彼氏彼女の有無を前もって確認できるようになって……その気もないのに毎回断るの大変だったろ⁉」

「それはその～、確かに面倒くさい、カナ」

納得の表情を見せた花恋。

そう未《いま》だに彼女に告白する輩《やから》は後を絶たない、光太郎と付き合っていると言っても信じてもらえない連中や「光太郎より自分の方が良い」とアピールする輩まで出てくる始末。

「それがなくなるならありがたいかもしれないけど」

「そう、それもこの『桐郷学園専用マッチングアプリ』が解決してくれます！　学生同士の恋愛も学校が管理すれば万が一の問題だって防げますですはいっ！」

まるで通販番組の社長のような声の高さでマッチングアプリの素晴らしさを力説するジロウ。

丸山はずーっと冷ややかな目を向けている。

「うるさく騒いでるけどさぁ、問題って何よ」

「皆に知られている、皆に見られていると意識すれば清く正しい交際ができるじゃないか！　不純異性交遊や学生のくせに同棲《どうせい》とか防げるだろうぜ」

「あんたさぁ、漫画の読みすぎ。高校生で同棲とかどこのラブコメのシチュエーションだっての。ねぇ花恋」

「…………ソダネー」

丸山の問いに対し花恋は鼻の奥から抜け出るような返事をする。

どことなく怪しさ満載の彼女の態度にまた妙な雰囲気が教室に漂いだした。

しかし、その空気を一変させる人物が現れる。

「ごきげんよう」

「あ、あなたは——」

静謐《せいひつ》な空気が教室中に充満し始める。

何の変哲もない学び舎がまるで礼拝堂にでもなったかのような厳かな雰囲気へ変貌《へんぼう》。

あるものは背筋をただしあるものは私語を止《や》める。現代に大名行列があるとするなら、きっとこんな風になるのだろうなと歴史学者は唸《うな》るだろう。

「深雪《みゆき》さん」

深雪と呼ばれた少女はスカートの裾《すそ》をつまみ恭しく一礼した。それもまた様になる、童話の一幕のような可憐《かれん》な振る舞いだった。

ご令嬢、桑島《くわしま》深雪の登場である。

この地域の大地主で政治、経済、全ての界隈《かいわい》にも顔が利《き》き知らぬものはいないと言われる桑島家。顔パスで入れないところはないとまで言われるほどの権力者「桑島家」、その一人娘。

そして、光太郎が本当に告白する予定だった人物である。

「なにやら盛り上がっていますが気になりますね……ですよね青木《あおき》さん」

「その通りでございます」

後ろ斜めに控える付き人の青木は真顔で頷《うなず》いた。本来、付き人が教室にいるのは不自然なのだが皆が当たり前に思っているのは深雪の纏《まと》う空気のせいだろう。

「おはよう深雪さん、今日は遅かったね」

「ええ、少々ゼネコン関係の会社に顔を出す用事がありまして……心配してくれるなんてさすがは光太郎様です」

対して花恋は少々嫌みっぽく話す。

「お忙しいことで、さすが次期桑島家当主だね」

「この優しさ、花恋さんも爪《つめ》の垢を煎じて飲んだらいかがでしょうか……っと、光太郎様の爪の垢は冬虫夏草《とうちゅうかそう》に匹敵《ひってき》するほど貴重な代物、私が全部飲み干します貴女には一滴もあげませんわ」

「アハハ、深雪ちゃんおもしろーい」

冗談と捉《とら》えた丸山や他《ほか》のクラスメイトは「お嬢様ジョーク」に微笑《ほほえ》ましく笑う。

一方、「深雪の素」を知っている花恋は口元を引きつらせていた。

「冗談じゃないんだよなぁ……」

過去、光太郎に命を救われ人生を変えてもらって以来、光太郎を「我が神」と言ってはばからない熱烈信者な深雪に花恋はドン引きしていた。

そしてもう一人、顔を強《こわ》ばらせるものが。

「これ、冗談じゃなかったらやべーぞ」

ジロウである。光太郎とは中学からの親友で彼に色々助けてもらい本人曰《いわ》く「光太郎ガチ勢」のこの少年。

どことなく深雪の言動が「冗談ではない」ことに気がつきだしていた。

「マジだとしたら……あのことは墓場まで持っていかねーとな」

光太郎が本当は深雪に告白しようとしていたこと、それを花恋と間違って今良い感じであること……

それを彼女が知ったらどんな行動に出るのか、地域の顔役である桑島の権力を総動員させて何かをしでかすかもしれない。

「考えるだけで身の毛もよだつぜ」

ジロウが独り言《ご》ちる中、深雪は花恋に向き直る。

「ところで花恋さん、次回の撮影覚えていらっしゃいますか？」

「忘れるわけないじゃない、どうかした？」

「いえ、少々遠いところですのでお車をお出ししましょうかと」

それに対し花恋は「ん～」と悩む。

「いや～ぺーぺーの私が現場にあの黒塗り高級車で行くのは気が引けるしなぁ」

「何を仰《おつしや》いますか、あのオーディション動画がネットに投稿されて以来、良くも悪くもお互い有名人になってしまったんですから。変な輩に絡《から》まれないように細心の注意は払うべきです。ねぇ青木さん」

「私の変速ギアが火を噴きますよ」と運転する気満々の青木、しかし過激なフレーズとドリフト走行的なハンドルさばきのジェスチャーに花恋は苦笑するしかない。

「噴いちゃ大問題だよ青木さん。まぁそこまで言うならさ、あんがと」

「いえ、では後日。お忘れないようお願いしますね」

色々ありずっと冷戦状態だった二人だがオーディションを切っ掛けに雪解け、今はドラマという同じ目標に向かっていることもありだいぶ打ち解けた印象だ。

しかし光太郎が「告白相手を間違えた」という不発弾が埋もれているこの状況はかりそめの平和でしかないのかもしれない。

そして新たなる戦いの火種はもうすでにくすぶっていた。

「あ、光太郎君、『お忘れないよう』で思い出したんだけどさ、今日牛乳買ってきてって言われたっけ」

「ん～叔父さんはまだ残っているとか言っていたけど」

「譲二《じょうじ》さんのことだし怪しいなぁ……まぁ余分にあっても牛乳だし、念のため買って帰ろうかな」

「「…………」」

そのやり取りを深雪を含めたクラス中が注目していた。

「ん？　どしたのみんな？」

キョトンとする花恋。

皆が「聞いて良いことか」と躊躇《ためら》う中、この場にいる人間を代表して青木が言いにくいことを口にした。

「今のやり取り、まるで同棲でもしているような感じでしたね」

同棲――

その単語を耳にした深雪の目が一瞬で血走った。

「いやいや、青木さんそれは、いやいやいや……そんなわけいやいや……まだ高校生ですよ、ねぇ光太郎様」

「「そ、そんなわけないよ」」

怒りと不安で震える声の深雪に対し光太郎と花恋はハモって返事をする。あまりにも息がぴったりなこの二人に疑惑の眼差し《まなざ》は一層深まった。

だが、そんなことは信じたくない信じられないといった深雪は――

「ですよね、天地神明に誓ってそんなわけないと光太郎様が仰られました、私はこの言葉を祝詞《のりと》と思い胸に深く刻み込みました！」

都合の悪いことは信じない方向性で自己を保った。

深雪の驚くさまを見た光太郎は「やっぱ言えないよなぁ」と口元を引きつらせる。

（高校生で同棲なんて言えないよね。叔父さんと花恋さんのお母さんが結婚を前提にお付き合いしだして、それで一緒に住むことになっただけなんだけど）

高校生で同棲のことより「愛し《いと》の光太郎が別の女と暮らしている可能性」に対する動揺なのだが……さすがにそこまでは気がつかない光太郎だった。

第1話　学園の美女と同棲しているなんて言えません！

遠山菜摘《とおやまなつみ》。

桑島《くわしま》家の人間で深雪《みゆき》の叔母に当たる人物。

性格は非常に温厚、少し儚《はかな》げな雰囲気だがいつもニコニコ笑顔が絶えない好人物。

おっとりとした感じだが、意外にも駆け落ち同然で家を飛び出すなど行動力もありバイタリティあふれる部分は花恋《かれん》にもしっかり引き継がれているようだ。

そんな彼女は今——

「いらっしゃい……あら、お帰り光太郎《こうたろう》君」

「あ、ただいまです」

光太郎が居候《いそうろう》している喫茶店「マリポーサ」で働いていた——というより、一緒に暮らしている。

彼女の働きっぷり、その評判は上々で「よく気が利《き》く」「上品な接客」「ちょっぴりドジ」という三拍子揃《そろ》っており、すでに彼女目当てのお客も増えたとか。

「おう帰ったか光太郎、ちいと手伝ってくれんか」

叔父の譲二《じょうじ》がカウンター越しから光太郎に声をかける。坊主頭にジーンズ、つっかけのサンダルとチンピラ風の男だ。

「なに？　忙しいの？」

そこまで混んでいるようには見えないのだが……しかし譲二の目は切羽詰まった男のソレだった。

「ワシゃ近所のスケベ野郎から菜摘さんを守るのに忙しいんやて、代わりにコーヒー淹《い》れてくれ。ブレンドとアラビアンモカ・マタリな」

「なんて理由なのさ……」

菜摘目当ての客を目で牽制《けんせい》するのに忙しいようである。

とまぁ「自由気まま」「自分本位な接客」「常識知らず」と逆三拍子揃《そろ》った男、それが竜胆《りんどう》譲二だった。しかし不思議と慕われる人たらしでもあり光太郎も怒る気になれない。

困った顔をしながら下げてあるエプロンを着てカウンターの裏へ入ろうとする光太郎。

その様子を見ていた菜摘が譲二に苦言を呈した。

「あらあら、譲二さん。光太郎君は学校から帰ったばかりですよ、疲れているんじゃないですか？」

「いや、しかしワシはアイツらを目で威嚇《いかく》するという――」

「お客さんを威嚇するのがお仕事ですか？　ちゃんとしてください」

笑顔を崩さずピシャリ一言。

譲二は顔を真《ま》っ青《さお》にして急いでサイフォンを温めだした。小刻みに震える様子は電子バーナーの火で暖を取る救護された人にも見えた。

（やっぱ花恋さんのお母さんだよなぁ）

この傍若無人《ぼうじゃくぶじん》な叔父を笑顔のままコントロールできるところに女手一つで娘を育てた母の強さを感じる光太郎だった。

「ところで光太郎君、花恋ちゃんは一緒じゃないの？」

「あ、ハイ、裏口から。もう来るんじゃないかなと」

そんな話をしているとドタドタとキッチンの奥からエプロンを着けた花恋が現れた。

「牛乳、冷蔵庫にしまっておいたからね～。あ、お母さんただいま。譲二さんも」

「おぉ花恋ちゃん、お帰り。エプロンなんか着けんでえぇ、疲れとるんやろ、休み」

菜摘に怒られるのが怖いのか真剣にドリップしながら休むよう促す譲二。

しかし花恋は店内を指さした。

「え？　でも忙しいんじゃないですか？　ほら」

花恋が現れると同時にミーハーな客がこぞって注文しだす。

この様子に菜摘は「あらあら、まぁまぁ」と微笑《ほほえ》ましく笑った。

「大盛況ですね」

「現金な客じゃ、まぁ稼がせてもらうわい。光太郎、すまんがオーダー取ってきてくれ」

結局エプロンを着てメモを片手にテーブルに向かう光太郎。

常連のお客さんはキッチンにいる遠山親子を眺めほっこりしていた。

「いやぁ眼福だねぇ、母性あふれる素敵な女性にドラマの主演女優……あんな二人に囲まれて光太郎君もドキドキが止まらないだろ」

「アハハ、いやぁ確かに、止まりませんね、ドキドキ」

「ドラマで忙しいのにお母さんと一緒にアルバイトなんて健気《けなげ》な子だよねぇ、応援の意味も込めてブルーマウンテンいっちゃおうかな」

「あ、ありがとうございます」

彼らはまだ知らない。

菜摘が譲二と結婚を前提に付き合っているだけでなく、一つ屋根の下で暮らしていることを。

そして光太郎も花恋と付き合って、一緒に暮らしていることなど。

(いずれバレるだろうなぁ……どうしたものか)

付き合っているならまだしも一緒に暮らしているなんて知られたらどうなってしまうのか……

(自分じゃなくて花恋さんの方が心配だよ、ドラマとか読モの仕事に支障をきたすんじゃないか?)

チラリ花恋の方を見やる光太郎。

彼女は気にするどころかむしろ楽しそうに接客をしていた。

（でもきっと何か考えあるんだろうなぁ、コクハラ防止の虫除《よ》け彼氏としては）

それともただの強心臓なのか？　まさか自分が本当に好かれているとは未《いま》だに考えない光太郎は困った顔をしながらオーダーを取り続けるのだった。


喫茶店も閉店し譲二はエプロンを外しながら自分の肩を揉《も》む。

「ふぃ〜、疲れたわい」

「お客さん増えたもんね」

花恋と菜摘目当ての人間が増え、喫茶マリポーサは連日盛況のようである。

「ワシゃ睨《にら》みすぎて眼精疲労やわい」

「まぁそのうち落ち着くと思うよ、物珍しさだと思うし」

光太郎の意見に譲二は懐疑的な眼差《まなざ》しを向ける。

「ほうかのう、菜摘さんの笑顔は色あせることないし、花恋の嬢ちゃんもドラマ控えとるやんか」

叔父の菜摘びいきはさておき、確かにと光太郎は唸《うな》る。

「そっか、ドラマで人気が出たらもっと忙しくなっちゃうか」

「それでドラマ関係者が菜摘さんの魅力に気がついて遅咲きの役者デビュー……いかん、菜摘さんは世に出てもおかしくない女性やけど変な男につきまとわれたらかなわんで――あぁ、菜摘さん！　ワシがお守りしますぞ」

当分落ち着きそうもないのはこの叔父だなと光太郎は半笑いになるしかなかった。

ひとしきり被害妄想を考え終えた譲二は坊主頭をゴリゴリ掻《か》くと光太郎の肩を叩《たた》いた。

「まぁこのまま繁盛したらマリポーサ二号店も夢じゃないな、そん時はのれん分けじゃぞ光太郎。いや、未来の店長」

「やめてよ叔父さん、確かに喫茶店には興味あるけど、僕、家のことしないといけないし」

「おぉそうじゃった、お前は将来が決まっとるようなもんじゃしな。しっかし何でもできるのはそれはそれで難儀じゃな」

他人事《ひとごと》のように笑う譲二は酒を手に座椅子《ざいす》に座る。完全に晩酌《ばんしやく》モードに突入のようだ。

しばらくすると菜摘が料理を運んできてくれた。

「残りもので作りました、さぁどうぞ」

皿に盛ってあるのは茹《ゆ》で置きのパスタをアンチョビやキャベツなどでシンプルに炒めたものなど。

非常に香ばしい香りは味噌《みそ》を乗せて焼いたからだろう。残りものと謙遜するがこのアレンジに光太郎も譲二も舌を巻いた。

「すごいですね、僕にはない発想だ」

「残りもののアレンジは節約術の基本ですから」

舌を出し笑う菜摘。そのおどけた態度に譲二はメロメロだ。

「さっすが菜摘さんじゃ！　いやいや酒が進むで」

「いつも進むじゃない叔父さんは……でも節約料理、勉強になります」

素直な感想を言う光太郎に菜摘は謙遜した。

「ただの貧乏性なだけよ～このエプロンとかも捨てられなくて」

「いえ、物持ちが良いって素敵なことです」

更に褒《ほ》める光太郎に「褒めても何も出ないわよ」と菜摘はおどけながら料理を勧める。

「こっちの小鉢も食べてね、これは花恋が作ったのよ」

「花恋さんが？」

飲みものを持ってきた花恋が少々恥ずかしそうに現れる。

「ま、まぁね、食べてみてよ」

どこかぎこちない雰囲気の花恋に戸惑う光太郎。

パンと譲二が膝《ひざ》を叩く。

「いやー大人数で食事は楽しいのぉ。じゃあいただくとするか」

ビール片手にテンションＭＡＸの譲二、まだ飲んでいないのに二次会のノリが如《ごと》くできあがっていた。

「そうですね、私たちも食卓を囲んでの食事は楽しいです。ねぇ花恋ちゃん」

「うん」

言葉少なな花恋を見て光太郎は気になって声をかけた。

「あの、どこか調子でも悪いの花恋さん」

「い、いや、なんでもないよ」

その様子を見て菜摘は「あらあら、ウフフ」と笑ってみせた。

「この子、柄にもなく緊張しているのよ、自分の作った料理を食べてもらえるから」

「あぁ、そうなんですか」

もっと深刻かと思ったら意外な理由に光太郎は拍子抜けといった顔だ。

その態度に何か言いたげな花恋だがついぞ言わずむすっとするに留《とど》まる。おおよそ「せっかく作ったのにそんな事はないでしょ、でも口に合わなかったらどうしよう」という葛藤なのだろう。

「ええ子じゃのう光太郎、コノコノ」

叔父の譲二はまるで同級生のようなノリで肩を叩いてきた、正直その態度はジロウでお腹《なか》いっぱいなのだが家でもコレかと辟易《へきえき》しだす。

「コノコノじゃないって、まったく」

　その流れに乗ったか乗らないかは定かではないが菜摘は先ほどの話についてさりげなく聞いてきた。

「ところで将来の話がどうこうと仰《おっしゃ》られていましたが、光太郎君は何かやりたいことでもあるのでしょうか？」

「あ、それは――」

　答えにくい質問に戸惑う光太郎。彼が断れない男だと知っている譲二は問い詰められる前に会話に入り込む。

「そりゃもう、まだ何も決まっとらんで。な」

「あら、決まっているとか何とか聞こえた気がしたんですけど」

　意外に地獄耳な菜摘に汗を垂らす譲二だがビールをぐいっと飲み干し無理矢理まとめようとした。

「ワハハ！　子供の可能性は無限大！　何でも挑戦することが大事でしょう！　ねぇ菜摘さん！　ちゅーわけでビールお代わり！」

「確かにそうですね、子供の将来を親が決めることはよくありません。でも」

「で、でも？」

「お酒の飲みすぎはもっとよくありませんよ、次でビールは最後です」

「ワハハ！　一本取られたわい、じゃあビールは次で最後にするか」

「だからといって日本酒もワインもダメですよ、明日もあるんですから」

「……一本どころか何本も取られたわい、ワシの酒瓶《さかびん》」

意外に口も上手《うま》いところを見るにやはり桑島の人間なんだなと戦慄《せんりつ》する光太郎だった。

そんな菜摘がビールを取りに席を離れた際、譲二が光太郎にそっと耳打ちする。

「すまん光太郎、ワシやお前が御園生《みそのお》家の人間だというのは――」

「え？　まだ言っていなかったの？」

御園生家――

旧財閥系でこの一帯に根強い影響力を持つ企業「御園生グループ」その本家である。大地主の桑島家と対をなす存在で、この両家に睨まれたらこの地域では生きていけないとまで言われている。そして譲二も御園生の人間、光太郎に至っては御曹司という立場だ。

かなり大事なことなのに伝えてないの？……そんな視線を向けられた譲二はパスタを巻きながらこう語り出す。

「ほれ、何かと大きいじゃろウチは。菜摘さん素朴な人だから気後れしてしまうかも……って思っていたら言いそびれてしまってのぉ。辣腕《らつわん》経営者の爺様《じいさま》のせいで人によっちゃ良い印象を持っていないこともあるし」

「え？」

光太郎は驚いた。

（この様子じゃ菜摘さんや花恋さんが元桑島家の人間だと知らない？　……あぁ）

驚きはしたが彼はすぐに自己解決した、つまり菜摘さんも叔父さんと同じ気持ちなのだ……と。

政治家や経済界にも顔の利く大地主桑島家。その家出娘だと知られたらどう思われるか……向こうも気を遣《つか》ってのことだろう。

「今、ええ感じなんじゃ、伝えるのは気持ちの整理が付いてからにしたい。協力してくれ、な」

「あ、うん」

お互いがお互いを大事にしている、別にバレても問題ないのだろうが……ここで口を出すのは野暮《やぼ》と考えた光太郎は短く返事するに留めたのだった。

（まぁ、あるよね、お互い心を許していても言いにくい事って）

その関係を、自分と花恋の関係に照らし合わせてしまう。もっとも自分は告白相手を間違えたというケアレスじゃ済まされないミスだけに比べるのもおこがましいが。

「ねぇ、光太郎君」

「……っ⁉　な、なに？」

その花恋に声をかけられ肩をすくめるほど驚いてしまう光太郎。

花恋は憮然《ぶぜん》とした態度でテーブルに肘《ひじ》を突いていた。

「ねぇ、そろそろ食べて欲しいんだけどさ。小鉢」

「あ……あぁゴメンね」

ヒョイッと口に入れる光太郎。

「うん、甘みがしっかりしているね」

「よかった……あ、でももうちょっとひねったリアクションでも良かったんだよ。宝石箱的なアレとか」

おそらく照れ隠しなのだろう、いつものように無茶ぶりや小ボケを連発する花恋。

そんな彼女を見てちょっぴり後ろめたさのある光太郎は「宝石箱や～」なんて照れながらリクエストに応《こた》えてみせたのだった。


喫茶マリポーサは元洋食屋の居抜き物件だった。

老夫婦が経営していたが腱鞘炎《けんしょうえん》が酷《ひど》くなり引退。

常連だった譲二はその話を聞いて「自分に何かできることはないか」と考え一念発起。家を飛び出しフラフラしていてやることも特になかった彼は実家から金を借りて土地ごと買い取る決意をする。

特に料理の修業をしたわけではない彼だが昔からコーヒーが好きで喫茶店を経営しだしたとのこと。

今でも軽食には老夫婦から教わったレシピでメキシコ料理が出されることもある。滅茶苦茶おいしいのだが本人曰《いわ》く「先代おやっさんの味にはほど遠いわい」といって謙遜しあまり出したがらなかった。

住居も兼ねた店舗だったため部屋の数は多い。光太郎が転がり込んでもまだ余裕があるくらいで、余った部屋は通販の段ボールで埋め尽くされていたくらいだ。

そんなわけで遠山親子が同居するスペースは十分にあった。各々《おのおの》の部屋が用意できるくらい。

皆がいなくなった居間で後片付けをする光太郎。譲二と二人で住んでいた時はこの静けさはなんとも思っていなかったが、四人で住むとなるとこの時間がなんとも貴重な気がしてならない。

光太郎は「ふぅ」と一息つきながら皿などを洗い始めていた。

「まいるなぁ……」

困り顔で彼は独り言《ご》ちる。

最初は女性二人が同居することになるなんて絶対気を遣ってストレスマッハだろうと思っていたが……菜摘の性格が大きいのか思いのほかすんなり受け入れられた。むしろ居心地の良さすら感じている。

「でも、それはそれで問題なんだよなぁ」

いつか独り立ちするために実家を離れていたのに、これじゃマズいと考える。

「いや、そっちは僕の気の持ちようなんだ。問題は――」

ガチャリと居間の扉が開く。

現れたのは、お風呂《ふろ》上がりの遠山花恋。

「――お風呂上がったよ」

「……あ、うん」

花恋と私生活を共にすること、こっちの方が大問題だった。

一応、彼氏彼女の関係ではあるが学園一の有名人……最近ではドラマの主演も勝ち取り、その枠を超え芸能事務所のドル箱アイドルになった花恋。

そんな彼女とほぼ同棲《どうせい》状態。男子にとっては夢のような話なのだろうが告白相手を間違えた負い目のある光太郎にとっては夢の空間は罪悪感でいっぱいの悪夢な空間なのである。

「ん？　どしたの光太郎君」

良い匂《にお》いをさせる花恋、それがシャンプーの香りだと気がつくのに数秒かかった。

（そっか叔父さんは石けんで頭洗うし自分の匂いは気にしないし）

他人から……いや、女子から漂うシャンプーの香りはこうも違うのかと戸惑う光太郎だった。

そんな彼を花恋はイジる。

「はは～ん、さては私のお風呂上がりに見とれていたな。花恋さんの貴重な湯上がりシーンだぞ」

グラビアアイドルのようなポーズをとる花恋。

子供の頃《ころ》から大事に着込んでいるであろう、ちょっと丈の短いパジャマ姿は何とも言えない色気を醸《かも》し出していた……身もふたもない言い方をすればコスチュームプレイともとれる。

「……」

実際に見とれていた光太郎は無言を返すしかない。

一方花恋、言ってはみたものの黙りこくる彼を見て二人きりの空間を意識し始めた模様である。

「ちょ、ちょっと光太郎君。いつものように軽快にツッコんでよ。何に警戒しているのさ。軽快と警戒で韻を踏んでみたYO！」

「いやいや、僕にツッコミのスキルもラップのスキルもないから」

普通に返す光太郎。また不思議な空気が二人の間に漂った。

「……」

「……」

「……えっと、風呂上がりに牛乳でも飲む？」

「お、おなしゃっす」

間が持たない光太郎は花恋の返事を待たずキッチンに赴き手際《てぎわ》よく牛乳を用意した。

そして、テーブルに置いてそのまま直立不動、まるで高級ホテルのコンシェルジュ。青木《あおき》がこの場にいたのなら「桑島家の執事として私の後輩として働きませんか」と実にややこしくなることを言っていたに違いない。

「立っていないでさ、まぁおかけください」

面接官よろしくソファーの隣に座るよう促す花恋。

「あ、はい」

これまた受験者よろしく一礼してスッと座る光太郎。

隣同士となりこれまたなんとも言えない空気が流れた。

視線を床に落とす光太郎、花恋は顔を隠しながらタオルでワシャワシャ髪を拭《ふ》いている。

「……え～と、ちょっと、光太郎君、何か喋《しゃべ》りなよ」

「あ、えっと……そのパジャマ、丈短いけど大事に着込んでいるのかな」

「ま、まぁね、お母さんと一緒で捨てられない性格でさ……私もお母さんも服だけじゃなく輪ゴムとかホテルのアメニティでもらった歯ブラシとかためこんじゃうんだ」

「そ、そうなんだ」

「……」

「……」

また無言の空間。

たまらず花恋が光太郎を軽く小突いた。

「な、なに黙りこくっているのさ。そんなキャラじゃないでしょう」

「キャラじゃないのはそっちじゃないか……いや、ほら……あらためて一緒に暮らしているんだなってさ。正直今でも驚いているよ」

学校とは違う一面、丸出し。生活感あふれる花恋を見て、そう口にする光太郎。

花恋も同じ気持ちのようだ。

「まぁ私もまさか『こんなに早く』一緒に暮らすなんて思っていなかったケド」

「こんなに早く？」

つい聞き返してしまう光太郎に花恋はわかりやすく慌《あわ》てふためいた。

「!?　……っとあれだよ！　いつかお金ためて一人暮らししようとしてたって意味！　その時はイヌかネコどっちかペットで飼おうと思っていたからさぁ！　まさかこんな大きな愛玩動物と暮らすことになるとは予想だにしなかったってこってすよ！」

なかなか強引《ごういん》な誤魔化《ごまか》しと照れ隠しをする花恋。普通なら嘘《うそ》だと看破できるものだが相手は光太郎である。

（あぁ、やっぱり僕のこと男ではなく虫除け兼ペットとしか見ていないんだな）

とまぁペットの部分に妙に納得してしまい、相変わらず自分が好かれているとは思わないのだった。

「そうそう、ドラマ撮影で疲れた心を癒《い》やしてくれるありがたーい存在なんだよ君は。誇れよ～履歴書に書いても良いぞ～」

「ど、ドラマかぁ」

そう言われ光太郎、疑問が確信に変わったようである。

(やっぱドラマの主演だもんね、やっぱ偉い人から誘われた時とか断るための手段、「今家に弟いるんで〜」って常套句《じょうとうく》を使うためとかだろうな。気持ちはわかるよ)

断るためとはいえわざわざ一緒に住むことを望むわけがないのだが……そこは未だに成長できていない光太郎であった。

一方、想《おも》い人が勘違いを加速しているなぞ露知らず花恋は自身のドラマについて話し出した。

「ん？　その様子どうかしたかな？　私のドラマ進捗《しんちょく》状況気になっちゃう感じですか？」

カリスマ風しつこい接客店員よろしく「気になっちゃう？」を連呼する花恋。

「ならないって言ったら嘘になるけどさ……」

正直ドラマの現場を一度見てみたいとは思う光太郎。

その素直さが愛《いと》おしくなったのかはわからないが花恋は「よっしゃ」と手を叩く。

「ならば！　早速見学に来たまえ！」

「え？　いいの？」

花恋は胸を張りドンと叩く。丈の短いパジャマ、お腹がチラリと見えてしまう。

「一応、主演だもんで。それにほら、来てくれると嬉《うれ》しいしさ。だって」

「だって？」

素朴な質問に花恋は返答に困った様子だ。

「あ～ほら、か、彼氏がいるってアピールできるし」

「あぁ、現場でナンパしてくるような人を遠ざけるためだね」

「そ、そうじゃないくて……え、え～と……い、いいからついてこ～い！」

照れ隠しなのか恥ずかしさのあまり光太郎の首根っこを摑《つか》もうとする花恋。

いきなりの暴挙に光太郎は困惑気味だ。

「ちょっと花恋さんどうしたの？　お腹見えているよ！」

「こっちが勇気を振り絞っているというのにコンニャロめ！　こんにゃろ――」

その時である。

「あ」

「あ」

ドタタ――

廊下で何かが崩れる音。

そして転がるように居間に入ってきたのは譲二と菜摘だった。

「な、何やっているの二人とも⁉」

床に顔を突っ伏しながら譲二は言い訳染《じ》みたことを言い出した。

「い、いや別に……床が冷たくて気持ちいいと思うただけじゃ。決して覗《のぞ》いていて体勢が崩れたわけじゃないぞ」

犯人が自供した瞬間である。

「ホシがゲロったよ光太郎君！　っていうかお母さんまで……」

菜摘は動揺することなく「あらあらウフフ」と笑っている。

「別に私は覗いていないわよ。そうそう、今度薬局行くときはこのクーポン使いなさい」

菜摘はポーチにドッサリため込んだクーポンの束《たば》の中から数枚を取り出して光太郎に手渡す。

「あ、ありがとうございます……え？　なんで薬局？」

「ちょ！　お母さん！　色々な意味で恥ずかしいから！　クーポンため込んでいるのも薬局なんて意味深な——」

ポカポカ菜摘の背中を叩き出す花恋。

そんな様子を見て光太郎は「あぁ、楽しいなぁ」なんてのんきに笑うのだった。

「こういう光景、ずっと続くと良いね、叔父さん」

「おう……とりあえず起こしてくれんか？　腰をやってしもうた」

顔から床に這《は》いつくばる譲二を見て「明日お店大丈夫かな」とのんきな気持ちはすぐに吹っ飛んでしまうのだった。

S県桐郷《きりさと》市。

一昔前は田んぼや畑ばかりの農耕地だったが近年の再開発に伴い主要都市のベッドタウンとして人が集まりやがて大きな街へと変貌《へんぼう》していった。

その際、尽力したのが地主である桑島家と商業関係に明るい旧財閥の御園生家だった。

のどかな自然や古き良き町並みに加え、交通の便の良さや住みやすさ、適度な近代化……少し栄えて少し田舎《いなか》、ＲＰＧで二番目にたどり着く街という表現がしっくりくる街、それが桐郷市である。

花恋が主演のドラマは、そんなどこか懐《なつ》かしく親しみのある桐郷市を舞台にした物語だそうだ。

タイトルは「たとえば桐郷生まれの少女が町おこしで革命をおこしちゃうような物語」。

……昨今の流行に倣った長いタイトルである。

「うわぁ」

そのドラマ現場に連れてこられた光太郎は圧倒される。ローカルテレビの現場とは思えない力の入りようだった。

路肩にはロケバスや機材を運んできた大型バンが何台も駐《と》められ、スタッフがその横をひっきりなしに移動している。

「なんでこんな太いの」と疑問に思うような太さのケーブルが地面に伸びモコモコしたカバーの付いたマイク、何に使うかわからない謎《なぞ》の板……門外漢からしたら奇妙な空間である。

「え？　あの板は何？」

何気なく問う光太郎。その質問に花恋が得意げに答える。

「あれはレフ板だよ、太陽の光を反射させて被写体の陰を抑えるやつさ。モデルの時も使われるんだよ」

「さすが主演、そしてカリスマ読者モデル。くわしいね」

褒められ恥ずかしいのか花恋はちょっと顔を赤らめた。

「まぁでもウチの事務所お金ないからあんなしっかりしたレフ板見るのは初めてかな」

「あ、そうなんだ」

「ウチなんて白い紙とか、たまに新聞紙とか……『開幕二連勝、優勝待ったなし！』なんて一面のスポーツ新聞広げられた時は笑いそうになったよ。二連勝で優勝とか夢見すぎでしょって」

世知辛《せちがら》い話を冗談めいて話す花恋。どうやら彼女もこの大がかりな撮影現場は初めてらしく少々気後れしているようだ。

そんな彼女は周囲のスタッフに挨拶《あいさつ》を始める。

「遠山花恋です、今日はよろしくお願いします！」

スタッフは丁寧に手を止めて挨拶を返していた。その過分に丁寧な対応を見て光太郎が緊張してしまう。

「す、すごいね、なんか主演って感じがする」

花恋は苦笑いだ。

「いや〜、逆に大切にされまくったり気を遣われて落ち着かないんだよね。ただの主演じゃなくて無駄に有名になっちゃったせいかもしれないけどさ」

「あぁ」

無駄に有名と言われ光太郎はこの過剰《かじょう》な対応の理由を察する。

花恋がこのドラマの主演に抜擢《ばってき》された理由の一つ、それは「オーディション動画がバズったこと」にある。

深雪と共にスゴイ演技で他者を圧倒し見るものを惹《ひ》きつけ、そして「読モ対お嬢様」という異例の構図は大反響を呼んだ。

特に深雪との舌戦、いわゆる痴話喧嘩《ちわげんか》の部分は未だに語り草になっているようで……「罵られたい」と冗談とも本気ともつかない声がSNS上で今でもつぶやかれていて。

スタッフの認識は痛いファンを多数抱えた舌鋒《ぜっぽう》鋭い読モ——

とどのつまり、花恋は少々怖がられているのであった。あとは演技の実績が少ない読モということで若干《じゃっかん》他人行儀の部分もあるのかもしれない。

「そっか、色々大変なんだね」

花恋が自分を呼んだ理由がちょっぴりわかった気がする。気心の知れた人がそばにいて欲しいのだと。

（こうも畏《かしこ》まられると友達の一人や二人は呼びたくなるかな）

そんな二人の元へ、もう一人の大抜擢された人間が現れる。

「あら？　光太郎様も来ていらしたんですか？」

「あ、深雪さん」

バズったお嬢様、深雪の登場である。こちらも似たような経緯で大抜擢されたからか、やはり周囲のスタッフは畏まって挨拶を返していた。いや、元々のオーラも相まって畏怖の念がスタッフからありありと見て取れる。

この状況に慣れているのかメンタル強者ゆえか、深雪は気に病むことなく凛《りん》としたたたずまいで台本を手に光太郎たちの元にやってきた。

「ごきげんよう光太郎様、ついでに花恋さんも」

「ついでって、こんにゃろめ」

ちょっとしたやり取りだが花恋は嫌そうな顔をしていない。それほどこの現場で慣れ親しんだ人間とのやり取りに飢えていたのだろう。

光太郎は深雪の手にした台本を見て興味本位で尋ねてみることに。

「差し支えなかったら教えて欲しいんだけど、深雪さんはどんな役なの？」

深雪はもちろんと微笑んだ。

「私は世間知らずのお嬢様の役ですわ」

「それはそれは」

はまり役というか、まんま深雪というか……役と本人の乖離《かいり》の少なさに驚く光太郎。

そこに付き人の青木がニョキッと背後から現れて補足説明を始める。

「元々オーディションでは一名抜擢のはずがお嬢様の怪演がヒドく……失礼、すさまじく、あまりにもバズったため追加でもう一名合格、脚本を書き直した経緯がありますからね」

途中の失礼ムーブはスルーして光太郎は納得の表情をみせる。彼もだいぶ青木に慣れてきたようである。

「あぁだからですか、納得です」

「噂《うわさ》では怪演ぶりから『ヤバイ宗教の教祖』とか『マフィアのボス』案もありましたが大地主桑島家の長女ということで自主NGにしたそうです。私としてはこっちも見てみたかったのですが非常に残念です」

おそらくオーディションでの怪演というか素の部分を見て出てきた提案なのだろうが……なんというか簡単にイメージができてしまう光太郎と花恋は苦笑いである。

「あなたにしかできないハマリ役じゃない」

「褒めても何も出ませんよ」

花恋は皮肉を込めたが深雪はそれを皮肉とも思っていないようだ。自覚があるのか面《つら》の皮が厚いのか……

（やっぱすごいなぁ深雪さんは、憧《あこが》れるなぁ）

その強気の態度に「自分にない部分」を見いだし、勝手に光太郎からの深雪の好感度は上がっていくのだった。

「昨今のデリケートな部分もありましてヤバ目の配役は全部ボツ、スポンサーの一つでもある桑島家の機嫌を損ねずオモシロ配役はなんぞやと検討に検討を重ねた結果『世間知らず』に落ち着いたという噂です。とはいえガチの世間知らずでもありますので『これ演技？　それとも素？』といった感じで若干現場で浮いているのが目下の悩みでありますね」

青木の補足説明……という名の追い打ちではあるが状況を理解した光太郎は「みんな大変なんだな」と同情した。

「花恋さんと同じような悩みだね」

「カテゴリーとしては同じなんだろうけど、一緒にされたくない私がいるよ」

読モとしての偏見に悩む花恋、世俗から浮いている（笑）深雪、なんだかんだで同じ悩みを抱えるのが従姉妹《いとこ》である証左なのだろう。

ただ一つ言えることは――

「真剣に悩んで真剣にアイディアを出して……みんな良いドラマ作るために一生懸命なんだろうね」

一つの目標のために頑張る。光太郎はなんか羨《うらや》ましいなと思うのであった。

だが青木の表情は曇る。ふだん感情を表に出さないだけあって、その顔つきは際立っている。

「……」

「青木さん？　どうかしました？」

「良いドラマを作るのに『みんな』一生懸命。果たしてそうでしょうかね」

青木が意味深な発言をしたちょうどその時、一人の女性が花恋らに声をかけてきた。

「撮影前に談笑、学生気分ですかぁ？　人気者の方々は余裕で羨ましいよ」

やや卑屈《ひくつ》な感じで声をかけてきたのは細身で鋭い感じの女性だ。

黒皮のライダースジャケットにタイトなジーンズ、三白眼で犬歯を見せてニヤつく感じはは虫類を彷彿《ほうふつ》とさせる印象を相手に与える。

まるでバイクを駐めてコンビニに訪れたようなライダーのような、そんな女性だった。

「あ、千春《ちはる》さん。おはようございます」

花恋に千春と呼ばれた彼女は挨拶そこそこに親指で後ろを指し示す。

「はよざっす、そろそろ集合だぞ。余裕ぶっこいていると演技プランを聞き損ねるかんな。撮り直しに付き合わされるのはゴメンだぜ」

総長が呼んでるぞみたいなノリの千春。

花恋は申し訳なさそうに「すいません」と頭を下げた。

「す、すぐ行きます」

「行きましょう花恋さん」

申し訳なさそうな花恋とは対照的に悠然とした態度の深雪を見て千春は面白《おもしろ》くなさそうに口を尖《とが》らせた。

「ったく、良いご身分だぜ。急げよ」

千春はポッケに手を突っ込んでスタスタ歩く。

「じゃあね光太郎君、私の勇姿を目に焼き付けるんだよ」

「光太郎様、では行って参ります。私の健闘を見守ってください。頼みましたよ青木さん」

「はい」

千春の背を追いかける二人。その様子を見届けながら「千春」なる人物について青木が説明を始めた。

「辻《つじ》千春。御年《おんとし》二十四で子供の頃からこの業界にいるいわゆる『子役上がり』の役者です。あの手の役柄で再現VTRやドラマの脇を固めることが多いんだとか」

あの手――ガラの悪いヤンキー的な役柄のことだろうと察する光太郎。しかし普段の言動から見ても「本職」としか思えなかった。

「色々な役どころの人がいるんですね」

「はい」

「……」

「……」

そこで会話が止まった。普段二人きりなんてめったにない青木とのツーショット。共通の友人が席を外したときのようななんとも気まずい空気が流れた。

それを察したのか青木がおもむろに花恋のことについて口を開いた。

「本日は花恋様の付き添いで？」

「あ、はい」

「なるほど、やはり深雪お嬢様とよく似ていらっしゃる」

「どうしてですか？」

「ああ見えて気が弱いところもあるんですよ、深雪お嬢様。一人だと落ち込むタイプですので自分に発破をかけるために、強気に振る舞うために知り合いを呼んだのだと」

元々体が弱く塞《ふさ》ぎがちだった深雪。今は塞いでいた蓋《ふた》が成層圏まで吹っ飛んでしまったようだが。

深雪の付き人として長年見てきた青木の言葉には含蓄があった。

そんな彼女が「深雪と同じ」というのだからそうなのだろう……光太郎はこう解釈した。

「なるほど、下の人間に弱気な姿を見せたくない心理を自らに課しているんですね。どうりで僕をこの場に呼んだと思った」

「……はぁ」

相変わらず遠山花恋が自分にゾッコンだというのを信じない光太郎。表情に乏しい青木もこれには満面の苦笑いだった。

「……やれやれ、このままでは花恋様最大のピンチが訪れますね。深雪お嬢様にとっては僥倖《ぎょうこう》なのでしょうが」

「ん？　何か言いました青木さん？」

「いえ、こちらの話です。いずれそちらの話にもなりますが」

「？」

含みのある青木の発言に首をかしげる光太郎。

もう一回理由を尋ねてみようか、彼が考えたその時である。

「ちょっと何しているの？」

スタッフの人が光太郎の元に近寄ってきた。

「あ、ここ邪魔なのかな？　……うぇ？」

しかし、そう思って移動しようとした彼の肩をスタッフはガッチリ掴む。移動して欲しいとはどうも様子が違うようだ。

そのスタッフは光太郎についてくるよう促した。

「こんなところで休んでいないで、撮影準備もう始まっているから」

「え？　でも……」

「あのね『ＡＤ』はすぐに動けるようにしておくものなの。カメリハやるから通行人役やって、あの小道を指示が出るまで往復」

「えっと、僕はＡＤじゃなくて――」

「終わったらカメアシね。あぁ、そこのケーブルしまっといて、もちろん八の字巻きで」

「あ、あの、僕は――」

「八の字巻き習ってないの？　あぁ新人ＡＤさんか、あとで教えるからまずカメリハよろしく。ほら早く」

「あ、はい――」

どうやらＡＤと間違われた光太郎。しかし否定する間もなく最終的にスタッフに連れて行かれることになった。

「さすが断れない男ですね。このままじゃ大変なことになりますけど、まぁ人生はなるようにしかならないでしょう」

訳知り顔で光太郎に同情しつつ、青木はケータリングのお菓子を摘《つま》みだしたのだった。

呼び出された光太郎は言われるがまま流されるまま集められたＡＤの中に放り込まれた。腰にガムテや細かいモノを詰め込んだポシェットなどを装備してたり様々だ。

何も身につけていない丸腰だというのに間違われるということはよっぽどＡＤ顔だったのか

な、なんてちょっとへコむ光太郎。

そんな彼にも容赦《ようしゃ》なく指示が飛ぶ。

「通行人はそことそこのAD。えっと、そこの君は喫茶店のシーン、エキストラさんが飲む振りをするコーヒーとか準備して」

「あ、はい、それなら得意です」

喫茶店で働いている光太郎、だったら全然手伝えると安堵《あんど》の息を漏《も》らす。もうその思考がちょっとおかしいのだが光太郎の「キリチューの断れない男」「THE助っ人」たる所以《ゆえん》だろう。性根に染みついているのである。

「ところで白沢《しらさわ》監督は？」

「まだ、いらっしゃっていません」

チーフADらしき人は額《ひたい》を押さえていた。

「もう時間だってのにまったく……あぁそこの君、喫茶店の準備の前に監督を呼んできて。ケツ決まっているから急いでって」

「ケツ……あ、はい」

聞き慣れない業界用語に戸惑いながら光太郎は監督を呼びに走らされた。

「監督って言われても、どこにいるんだろ……あぁ、花恋さんが向かった場所かな」

そんな感じで千春が向かった方に走る光太郎。

　すると道路の隅、街路樹の日陰でキャップをかぶったそれらしい男を見かけた。

「あの人かな？　……うん？」

　が、監督らしき人物とはもう一人別の男がいた。ダブルのスーツを着込んでおりキャップをかぶったラフな白沢とは対照的で身なりの良い服装。腕時計を両手に付けていて少々成金の風味が漂っている。

　スーツの男は人相の悪い顔に笑みをへばり付かせていた。

「そろそろ首を縦に振ってはくれませんかね」

　男の口調はやたら余裕があり声音が何とも癇《かん》に障る。おおよそ交渉とは呼べない態度だった。対して白沢は毅然《きぜん》とした振る舞いを見せていた。

「もう脚本も何もかも決まりましたし、よほどのことがない限り今さら主演を変えろなんて無茶にもほどがありますよ。そもそもオーディションまでやって降板なんて不祥事があったと勘ぐられてしまいます」

　スーツの男は路上にもかかわらずタバコに火をつける。白沢のしかめ面などお構いなしに紫煙を空に吹きかける。

「何度も言ったでしょうよ。オーディションで人気を得たからって肝心の演技が素人に毛が生えただけだったらドラマが死んじまいますよ」

「だからアンタのところの役者を使えと？」

「素人には荷が重いでしょ……あぁ、荷が重いのは監督もですか？」

「何？」

「NG連発は現場の士気を下げますよ。白沢監督が上手くコントロールできればいいんですが……ねぇ」

過去に何かあったのか白沢はキャップを目深《まぶか》にかぶり嘆息《たんそく》した。

「彼女には伸びしろがある、私も制作スタッフも彼女を育てる覚悟で挑みます。ドラマの主人公と同じように彼女が成長するように――」

「夢物語ですねぇ、現実は厳しいものです」

「……アンタはクリエイターには向かないな」

精一杯の嫌みを放つ白沢。スーツの男には屁《へ》でもないようだ。

「ウチのタレントを使ってもらった方が今後のためになりますよ、なんせ私のバックには……ん？　何だい君は」

そこでようやくスーツの男は光太郎に気がついた。白沢は「良いところに来てくれた」といった表情で目を細めた。

「おっと、ADの子が呼びに来たか。では小井川《こいがわ》社長、私はこれで」

「…………後悔することになりますよ監督」

捨て台詞《ぜりふ》と共に地面にタバコをポイ捨てすると小井川と呼ばれた男は去っていった。

光太郎は渋い顔をしながら吸い殻を拾い近くの灰皿で処分する。

「あの、呼ばれていますよ監督」

深く聞いてはいけないと空気を読んで言葉少なな光太郎。

監督は「ゴメンね」と一言詫《わ》びる。

「気を遣わせちゃったね、さっきのは大手芸能事務所の小井川社長だよ。ずっとウチの役者を主演にってしつこくってさ」

相当たまっていたのだろう、初対面の光太郎に対して色々と喋りだす白沢。

事情をよく知らない光太郎は「あ、はい」と相槌《あいづち》を打つくらいしかできなかった。

「だから声をかけてくれて助かったね～……おっとコレ、オフレコでよろしく、って言ってもスタッフみんな辟易していると思うけどさ」

苦笑いしながら稚気あふれる笑みを浮かべる白沢、眼鏡《めがね》の奥の目が笑っている。

「ま、ともかく撮影頑張らないとね。あれ？　見ない顔だけど」

「あの僕――」

「あぁ新人さんか、チーフの指示に従って頑張ってね！」

「あ、はい……」

断れない男光太郎、結局監督にも新人ADの間違いを正せぬまま、そのままADとして丸一日働くことになったのだった。

「お疲れ様でーす」

監督の下を去って行った直後の小井川に声をかけたのは千春だった。

ダブルのスーツの男に声をかけるライダーな風貌《ふうぼう》の女性。一見すると非合法なブツの取引でもしてそうに見える。

実際、彼らの表情はどこか悪巧《わるだく》みでもしているような雰囲気すら醸し出していた。

「監督に交渉、上手くいきました?」

ニヤニヤする千春。小井川は「わかり切ったこと聞くな」と吐き出した。

「空気を読め、わかるだろうよ」

「やっぱ無理でしたか、まぁ大々的にオーディションしましたもんね。今更っすよ」

ニヤニヤの止まらない千春を小井川はキッと睨みつけた。

「こういう時のためにお前をねじ込んだんだぞ」

「あれ? 個性派女優でハマる役柄があったから呼んだんでしょ」

「ふん、お前程度の個性派なんてゴロゴロいる」

「傷つきますね、こっちは子役時代から頑張ってるってのに」

全然傷ついていないような顔で千春はヘラヘラ笑う。

小井川の目は鋭いままだ。

「まぁそうだな、子役時代から『頑張っている』もんな」

粒立てて「頑張っている」と言われ、思うところあるのか千春の顔が曇った。

無言を返す千春に小井川は社長らしく命令口調で指示を出す。

「裏のお仕事だ、遠山花恋のネタを掴め。役を降ろされるくらいのデカいネタだ」

「そんなネタなかったら？」

「作れ。そのくらい朝飯前だろ」

「最近夜型で朝飯食わないんすよねぇ」とおどけてみせる千春。

「ま、そのぶん仕事と臨時収入をもらえるなら頑張りますよ」

小井川は念押しした。

「情が移って手を抜いたりするなよ、お前は仕事できるが徹し切れないのが難点だ」

千春は「何を仰る」と耳の穴を小指で掻いた。

「私、あの手の苦労知らずな子供好きじゃないんですよ。読モでワーキャー言われてあぶく銭で豪遊するタイプでしょ。まぁ絶対下半身ゆるゆる、彼氏の一人や二人いますって」

どこか個人的な恨《うら》みでもあるような顔で千春は口元を歪《ゆが》めて笑うのだった。

――辻千春、二十四歳。

子役時代から数えて芸歴二十年を超える大ベテランだがこれといった代表作はない。

しかし、彼女は事務所から非常に重宝されていた。

ガラの悪い役どころをこなせる個性派だからという理由だけではない、彼女は社長の小井川から指示をもらい役者や制作現場の内部のスキャンダルを探る「仕事人」でもあった。

役者の浮気《うわき》や家庭の事情、裏の態度などの証拠を押さえて、それをネタに降板させ自分の事務所が有利になるように仕向けたり、内部の裏事情を摑んでは制作会社との交渉材料にしたり。

まぁいわゆる密偵、汚れ仕事である。

そんな仕事人の千春は遠山花恋の顔を思い浮かべてほくそ笑む。

「やれやれ、オーディションで運を使い果たしたのかな。小井川社長が推しタレントをねじ込みたい時に……タイミング悪すぎ、まぁ可哀想《かわいそう》とも思わないけどな」

彼女は肩を回すと役者と密偵、両方の仕事のために一つ気合いを入れるのだった。


「というわけでさ、新人ADと間違えられて大変だったんだよ」

「どこ行っても断れない男ぶりは相変わらずだな」

後日、桐郷高校の教室にて。撮影見学に行った光太郎はその一幕をジロウに話していた。

「否定しようと思ったんだけど……新人だってみんな丁寧に作業内容を教えてくれて、コードの八の字巻きのやり方とか覚えちゃったよ」

その愚痴混じりのエピソードトークに別の男子が反応する。

「いいではないか、就職に困らんぞ竜胆光太郎よ。ところで美人なＡＤさんはいないか？　もちろん独身でだ」

「……」

「ん？　どうした竜胆光太郎よ」

光太郎はその男子……二年の神林《かんばやし》におずおずと尋ねる。

「あの、なんで神林先輩が一年の教室にいるんですか？」

疑問を投げかけられた神林だが「何がおかしい」と平然とした態度であった。

「おかしいことは何一つない、俺《おれ》はジロウが提案した学園内マッチングアプリの開発に協力しているからだ。あれはいいぞ、素晴らしい発想だ」

「ここにいる理由以前に発想がおかしいと思いませんか？　……はぁ」

ツッコむ光太郎はこれ見よがしに嘆息する。

「ジロウ」とあだ名で呼んでいる先輩を見てモテない男同士意気投合しちゃったんだと察してしまう。

「もしかしたら『神林君のこと実は好みだけど声かけにくかった』なんて女子がいたかもしれない。恋のすれ違いをなくすことができる素晴らしいアプリではないか」

「そう、このアプリは埋もれた恋の種を掘り起こし、陽《ひ》の当たるところに運んであげる非モテ男子救済アプリなんだ」

種掘り起こしちゃダメだろとツッコみたくなる光太郎だが、この「最凶タッグ」には何言っても無理だろうなと早々に諦《あきら》めた。

神林芳信《よしのぶ》。桐郷高校二年生。

光太郎の先輩で商店街の蕎麦屋《そばや》の息子でもある。

かつて花恋に告白し見事に振られ、同級生の木村《きむら》や大森《おおもり》と共に光太郎を目の敵《かたき》にし、あの手この手を使って二人の恋路を邪魔しようとした経緯を持つ。

その一方的な遺恨《いこん》は今となってはある程度払拭《ふっしょく》され普通に会話ができる仲にはなったが……

「もちろんアプリ開発中とはいえ女性からのお誘いはいつでもウェルカムだ。撮影現場で蕎麦好きの女性がいたら是非紹介してくれ。撮影現場でなくとも可だぞ竜胆光太郎」

「あ、はぁ」

それ以前に彼との会話が普通かどうかは少々判断が難しいところであった。

生返事しか返すことのできない光太郎。そんな機微など意に介さず最凶タッグはアプリ開発議論に花を咲かせる。

「ジロウよ、やはりバストウェストヒップは必須項目ではないか?」

「いや先輩、女子にとって体重や体型はクレジットカードの暗証番号を教えるのと同義だ。アプリ登録を躊躇《ためら》われたら元も子もないだろう」

「そ、そうなのか」

「まずは登録してもらうこと。大事なのはそこだ。ハードルは低く低く」

「ふむ、ならば少々金はかかるが学食のクーポンをおまけに付けるというのはどうだろう」

「いいっすね、そのアイディアいただき」

このような盛り上がりを目の前で見せられ、光太郎もたまらないといった顔だ。

さらには――

「出身地とか項目に入れて欲しいさ。海あり県、海なし県で会話内容が変わるし、できたら海を愛せる女子がいい」

「趣味の欄も充実して欲しいところですな。乗り鉄と撮り鉄はもはや別次元の趣味です」

「うむ確かに、修正案ありがとう後輩諸君」

沖縄出身の仲村渠《なかんだかり》と鉄道趣味の国立《くにたち》、その他《ほか》クラスメイトといつの間にかなじめている神林を見てなんともいえない表情の光太郎だった。

「まったく男子ってばいっつも……あぁなっちゃダメだよボブ」

「オデ、マッチングアプリよくわからない、美味《おい》しいの？」

女子のリーダーである丸山《まるやま》と片言がチャームポイントの山本《やまもと》・ボブチャンチン・雅弘《まさひろ》（成績学年トップ）も呆《あき》れ顔だ。

そんな空気をよそに非モテ男子たちのアプリ開発議論は白熱していく。

「クーポンもいいけど大事なのはUI周りじゃないか？」

「いや、パッケージングだ。衆目に触れてこそ、登録者が多ければ雪だるま式に増えていく、特に女子」

「まずは注目してもらうか。UI周りは利用者の声をフィードバックしていき調整していけば」

「強力なキャッチコピーや売り文句も大事ですぞ。1970年代の青春十八切符のキャッチコピーは秀逸でした」

喧々諤々《けんけんがくがく》。完全にアプリ開発現場へと変貌していた1-A教室内。

そこに隣のクラスから花恋が現れる。

「やっほー光太郎君……って、何やってんの？」

「花恋さんおはようございます！」

「か、神林先輩まで……」

よからぬ談合が行われて、しかも二年の神林も一緒。花恋は思わず友人である丸山の方を見やる。

「……」フルフル
もはや手遅れと言わんばかりの丸山の首振り。その顔を見て良からぬことを企《たくら》んでいると察した花恋はアプリ開発現場をスルーし光太郎に話しかける。

「やっほい、今日も行くよ撮影現場。楽しく見学だ」

「え？　今日もなの？」

「なんだね、不服かね？　花恋さんと撮影現場に行けるんだぞ」

「行けるって言われても……」

含みある光太郎の言葉。何度も行って邪魔じゃないかな、というニュアンスとは違った雰囲気だ。

理由を察する花恋は頬《ほお》を掻いた。

「まぁうん、ご想像通り。むしろ向こうからのリクエストかな？」

「リクエストって何々？」

問う丸山、興味津々《しんしん》な1-AクラスメイトWITH神林。

そこで、タイミングを見計らったかのように青木が現れた。

「私が説明しましょう」ババン
「うわぁ出た！」

驚いた花恋に青木はほんのり心外そうな顔をした。

「人を幽霊か深雪お嬢様みたく『出た』なんて言わないでください」

ついでに自分の雇用主を貶《けな》す青木。相変わらずである。

「どういうことですか青木さん」

「まぁみなさまもご存知かと思いますが光太郎様は人の良さから新人ADと勘違いされてしま

いまして、例によって『断れない男』発動でしっかり仕事をこなしてしまったわけです。ですよね」

「あ、はい」

「言われた仕事はそつなくこなし現場の信頼を勝ち取りまくり……終わり際に自分はADではないとやっと説明できたのですが『仕事ぶりよかったしまた来てよ、バイト代出すから』なんてリピートを要求され、完全に戦力の一人として計算されております」

「「「あぁ……」」」

光太郎の有能さと気の利く性格……ドラマの裏方でも遺憾なく発揮したのかと一同容易に想像できたようだ。

「まぁ、必要とされるのはいいんですけど」

「「「いいのか……」」」

もうADとして必要とされていることはしょうがないと受け入れている光太郎に呆れるジロウらクラスメイトだった。

「まぁ私も光太郎君がそばで頑張っているなら負けられないし、お互いにいい刺激だよ。発破爆破ってやつ？」

「切磋琢磨《せっさたくま》だよ、刺激与えて爆発なんてニトログリセリンじゃないんだから」

花恋にツッコむ光太郎。

「現場に赴く際はお声かけください、車でお送りしますので」

「あれ？　深雪さんは？」

「お嬢様は小用でお休みです、撮影現場には向かうとのことですので。では私はこれで」

颯爽《さっそう》と教室から出て行こうとする青木。

そこで彼女は一人の女性と入れ違いになりかける。

「さぁ生徒諸君、席に着いてくれ。鈴木《すずき》先生が遅れるようだからこのプリントを先に――」

現れたのは着流しのように白衣を着込んだ養護教諭の飯田瑠偉《いいだるい》だった。

クールな雰囲気だが実は誰よりも生徒想い。保健室は彼女に相談する生徒であふれかえっており、某有名RPGにちなんで「ルイーダの保健室」なんて呼ばれていたりする。

意外にも元子役という肩書きを持ち花恋も深雪もちょくちょく相談する……そんな心優しい女性である。

そんな彼女は青木を前に驚いた表情を見せる。

「おや？　君は――」

「おっと、お久しぶりですね、ルイーダ」

「あぁ、久しぶりだな」

このやり取りに花恋が興味を持つ。

「あれ？　二人はお知り合いですか？」

青木が小さく頷《うなず》いて飯田の肩を抱こうとした。

「ええ、旧知の仲でございます」

一方、飯田は少々煩《わずら》わしそうだ。

「腐れ縁とでも言うべきか……迷惑かけられっぱなしというか……」

「確かに、焼き肉食べ放題で食べすぎて倒れた私を介抱してくれて以来ですね」

「あぁ、そんな事もあったな……マーライオンを見る度に君を思い出しそうになる」

遠い目をする飯田、思い出したくない過去が満載のようである。

「まぁいい、プリントを置いていくから目を通しておくように。神林君も早く二年の教室に戻るんだぞ」

「はい喜んで！」

女性には従順な神林は風のように教室から出て行く。

「やれやれ、君もだぞ青木」

「冷たいですねルイーダ……そうだ、今度しゃぶしゃぶに行きませんか？」

「……もう食べ放題は勘弁してくれ」

去って行く飯田と青木、意外な組み合わせに花恋は驚いた。

「もしかして同級生とかかな？」

「かもね～あと深雪さんの用事って何だろうね……アイタタ」

この反応に花恋は光太郎の頰をつねった。

「そっちの方を気にするよりも私を気になりなって」

「え？　花恋さんいつも通りだし、何も気にする要素は……アイタタタタッ」

「いつも通りだろうと何だろうと気にしなって！　彼女だぞ！　天気や世界情勢、株価より気にするべきは彼女の機嫌と顔色だよ」

「そんな乱高下するの？　顔色って……えっと、お化粧変えたとか？」

「変えてない！　試供品だから贅沢《ぜいたく》は言えない！」

シーズンオフの店頭試供品をこっそりもらっている花恋。たまにオークルからピンクオークル、ベージュに変わることはご愛敬《あいきょう》である。


一方、桑島家のとある一室。

長女の深雪は今は懐かしい黒電話の前で腕を組み目をつぶっていた。

ダイヤルはなくボタンが一つのみ。

まるで官邸にある日本国総理大臣～アメリカ合衆国大統領への直通電話のような物々しい出で立ちの代物《しろもの》である。

「……」

チリリリリン――

古めかしいベルの音。

深雪はそっと黒電話の受話器を手に取った。

「もしもし」

「おぉ、桑島のお嬢ちゃんか」

好々爺《こうこうや》のような明るい老人の声。

しかし対応する深雪の表情は未だ硬かった。

「はい、桑島家の長女、深雪と申します」

「これはご丁寧に……御園生グループの会長、御園生鉄平太《てっぺいた》ですじゃ」

「存じております」

「まぁ君には竜胆光太郎の祖父と言った方がわかりやすいかな。ほっほっほ」

電話口で深雪の硬さを感じたのか鉄平太は緊張をほぐすような声音で話しかける。

しかし深雪は表情を崩さない。

かつて辣腕経営者として一代で御園生グループを巨大にし、この桐郷の地で大地主である桑島家と比肩しうる存在になった男。

一線を退いたとはいえ、その影響力は未だ健在。

桑島家と御園生家が話していたら「何事か」と邪推するほど、それゆえ用があるときは古くから直通電話を使ってやりとりをしていたらしい。

今、その直通電話で商談以外の話が繰り広げられようとしていた。

「この前、ワシが出資しているドラマのオーディション……いやはや盛況じゃった。君も出ていたな、なかなかの演技じゃったわい」

「お褒めにあずかり光栄です。でもその感想のためにわざわざご連絡くださったわけではないですよね」

まだ壁を作っている深雪。

鉄平太はその態度を嬉しくすら思っているようだ。

「警戒は解かない、いやはやしっかりした娘さんだ。ワシの光太郎に勝るとも劣らぬ有能ぶりと見た」

「いえ、私なんて光太郎様の足元にも及びません」

光太郎を褒められ、鉄平太はさらに気を良くした。

厳格そうな白髪の老人なのだが、その実態はかなりの孫バカ。その行動は常軌を逸するときもあり光太郎本人も辟易しているくらいである。

「いやいや、いい娘さんじゃ――光太郎にふさわしい、のう」

「…………ほう」

ふさわしいと言われ深雪の目の色が変わる。机に身を乗り出し顔つきは札束を前にしたマフィアのボスの顔だった。

「今日電話したのは他でもない、お見合いの件じゃ」

「前向きに検討とは伺いました……しかし、肝心の光太郎様からは――」

本人から何も聞いていないと深雪。

鉄平太は「かもしれんなぁ」と織り込み済みの様子だ。

「まぁ光太郎は年頃になりシャイになってしもうた、表だって言わんじゃろて。昔はじいじ、じいじと抱っこをせがんだというのに、今はとんとせん」

普通に距離を取られているのに自分にとって都合良く解釈する「孫バカ」鉄平太。

「光太郎様はシャイ、私もそう思います」

こちらも負けず劣らず「都合よく考える女傑」深雪、シャイという魔法の言葉を良いように捉《とら》えるのだった。

「光太郎のヤツ、大切な女の子のためにワシに色々と頼み事をしにきたわい。あやつがそこまでするなんて、相当『ホの字』じゃぞ」

やや古くさい言い回しの鉄平太。そこには触れずに深雪はアゴに手を当て思案する。

「色々……何かありましたかしら……」

もちろん、それは花恋に対しての行動。深雪は何も関係ないのだが……

「もしかして当日天気が良かったのも光太郎様が祈禱《きとう》したおかげ？　そう考えれば色々と心当たりが――」

あるはずもないし、さすがの光太郎も天候を変える力はない。

しかし光太郎信者の深雪である、当日のあれやこれやを「光太郎のおかげ」「光太郎が自分のためにやってくれた」と都合良く考え脳内で補完していく。

「……当日売店で好みの健康茶が最後の一本ギリギリで買えたのも、靴が一発で履けたのも。ああ、そういえば……私の人生で素晴らしい時間でしたわ」

そんなワケないのだが深雪の中で妄想と現実がごちゃ混ぜとなり光太郎の手厚いサポートでオーディションに挑んだというありもしない思い出に浸《ひた》りだしていた。オタクがよく妄想でアニメや漫画の設定を考察したり独自で補完したりするだろう。それがだんだんと「公式の発信」か「自分の妄想」か区別が付かなくなる、あの現象と一緒である。

「よく聞き取れんが多分そうじゃろ、ほっほっほ」

上機嫌なのか適当に相づちを打って電話を切る鉄平太。

桑島家、御園生家の電話会談を終え深雪は目をつぶり瞑想《めいそう》しだす。

「ふぅ……」

そして、おもむろに立ち上がると――

「いよっシャァアイ！　シャオラ！　ッシ！　ッシャァァア！　オラァ!!」

雄叫《おたけ》びを上げ、がに股でガッツポーズを決めていた。

「やはり運命。神はあるべきところに収まる、それが森羅万象の摂理というモノですわね……

オッシャァ！」

また一段と、仕上がってしまった深雪。その「あるべきところに収まる神」たる光太郎が花恋と一緒に暮らしているなど知る由《よし》もないのであった。

第❷話 ❤ ＡＤの仕事が忙しくて目が回りそうです！

痛恨の告白間違いによって花恋《かれん》と付き合う（笑）ことになった光太郎《こうたろう》。

彼はその日を境に様々なことを経験していった。

知らぬ人間に嫉妬《しっと》され望まぬ羨望《せんぼう》の的になり、花恋と共に歩くだけでジロジロ見られ舌打ちされ、周りの注目具合から、まるで「テレビのロケ」気分を味わえるなど枚挙に暇《いとま》がない。

そして今、彼は「ドラマの撮影現場に入る」という一般人ではなかなかできない経験をしていた。ミーハーな男子だったらたまらない空間である。

それも主演女優の付き添い……承認欲求の塊《かたまり》だったならば、さぞかし鼻を高く我が物顔で振る舞うだろう。

だがミーハーでも承認欲求の塊でもない光太郎、鼻を高くどころか腰低く、心なしか猫背だった。

それも無理ないだろう、なぜなら――

「お疲れ様です遠山《とおやま》さん……お、光太郎君！　来てくれたんだ！」

「遠山さん入られました――おいっす光太郎君！　お久！」

「どうも遠山さん………待ってたぜ光太郎、今日もよろしく頼むよ」

これである。

明らかに花恋と大差を付けてウェルカム状態の光太郎。主演を差し置いての歓迎ぶりに居心地悪くてたまらないのだ。

花恋も花恋で彼氏が好かれるのは嬉《うれ》しいけど自分との温度差に複雑な心境のようで――

「……どっちが主演かわからないね」

こんな自虐を言うしかない状態だった。

スタッフ一同、前回一緒に手伝ってくれた光太郎の働きっぷりに好印象のようだ。

新人ADとして間違えられたのに最後まで一生懸命働いてくれたこと。

そして一見、優男《やさおとこ》な風貌《ふうぼう》なのに重い機材も軽々持ち運ぶ仕事ぶり……中学時代アマチュアボクシング部と陸上部に在籍しそれなりに鍛えていた彼にとってそこまですごいことではないのだが「頼りなさそうな新人が一生懸命働く」というギャップが好印象をさらに加速させたのだろう。

極めつけは喫茶店のシーンで小道具の配置やら非常に完璧《かんぺき》だったこと、喫茶店で今も働いている彼の知識が役に立った。時間の掛かるセッティングが大幅短縮されたことは常に時間に追われている現場にとってありがたかったようである。

「今日も手伝ってくれるよな、メシおごるから」

「ケータリング、好きなだけ持っていって良いよ～」

「バイト代しっかり出してもらえるよう言っといたから遠慮せず手伝ってね」

温かい言葉を受けた光太郎とついでに花恋。二人はとりあえず監督へ挨拶《あいさつ》に向かった。

ロケバスの横に用意された簡易テーブル。

そこで監督の白沢《しらさわ》は演出家と脚本内容について熱く語っていた。

「う～ん、やっぱもうひと展開欲しいところではありますね。急に脚本をイジってもらった手前、無理を言って申し訳ないのですが」

「しかし、これ以上だとワンクール中に収まりませんよ」

急遽脚本を変えたこともあり、今も細かい部分の擦《す》り合わせが行われているようだ。

「登場人物を増やして深掘りをした方が良いかと思いますが、難しいですかね……おや？」

そこで監督らは光太郎たちに気がついた。

「あぁ遠山くん、おはよう」

「おはようございます白沢監督」

「ん？　おぉぉ！　光太郎君じゃないか、先日はありがとうね、君のおかげで喫茶店のシーン、非常に良いものに仕上がったよ」

「あ、ありがとうございます」

監督すらこの温度差。事情を知らない脚本家は驚いている。

「遠山さんおはよう、えっと彼は？」

いったい何者と訝《いぶか》しげな表情に監督は揚々《ようよう》と語る。

「いやぁ、期待の新人スタッフさ」

「スタッフなんですか僕？」

「そうそう、仕事ができるのもそうだけど、彼がいると現場が非常にスムーズに和むのさ。いや本当にありがたい、カメラマンとカメアシが揉《も》めずに済んだの初めて見たよ」

どうやら現場の潤滑油としても非常に重用されているようである。

「……スゴイね、光太郎君」

この評価に小ボケ抜きで花恋は讃《たた》える。

「とりあえず遠山君はメイクに入ってくれ、光太郎君はスタッフたちのところへ一度向かってくれるかい？」

なんていうかもちろん手伝う方向で話が進んでいることに光太郎はもう覚悟を決めていたのだろう、少々困り顔で頷《うなず》いた。

「あ、はい、頑張ります。どちらへ向かえば――」

そう尋ねる光太郎の背後から一人の女性が声をかけてきた。

「私が案内しましょうか？」

ひょいっと現れたのは千春《ちはる》である。いつもの黒革のジャケットにジーンズとカッコイイ系の出で立ちで手を挙げる姿も様になっている。

「辻《つじ》君か、悪いね案内頼むよ」

「ペーペーの私に気を遣《つか》わないでくださいよ監督。さ、いくよ」

ポンと光太郎の肩を叩《たた》く千春に促され、光太郎は彼女に連れられスタッフの元に向かう。

色々と機材が散乱する中、千春は歩きながらおもむろに口を開いた。

「ところで遠山花恋とは仲が良いのかい？」

「あ、はい、まぁ」

「んで、桑島深雪《くわしまみゆき》とも仲が良いみたいだけどさぁ。スタッフにもやたら好かれていて、もしかして可愛《かわい》がられるタイプって言われる？」

「あ、いえ……」

思ったよりグイグイ話しかけられて少々戸惑う光太郎。

「もしかして遠山花恋の彼氏とか？」

「ゲッホ！」

いきなり核心を突かれて咳《せ》き込む。しかしその咳き込みぶりを見た千春は……

「悪いね突拍子もないこと聞いて、そんなわけないよな、悪い」

勝手に違うと解釈したのだった。都合良く解釈してくれて光太郎は笑うしかない。

「あ、アハハ……」

「あの手の読モは調子乗ってるし話題もあるからモテてるだろうな、きっと男も取っ替え引っ替えだろう」

若干《じやつかん》毒のある口ぶり。確かにスペックだけだとそう思われてもおかしくないし、実際に告白されまくって断り続け「恋愛未踏峰」なんてあだ名まで付けられる始末だ。

ただ、身近で見てきた光太郎はそれを否定する。

「でも、花恋さんはそんな人じゃないですよ。苦労していますし」

それを信者の戯言《たわごと》とでも思ったのか千春は受け流す。

「まぁオネーさんからの忠告な。もっと自分の意思を持って行動した方が良いよ、あの手の女は人を利用することしか考えてねーから」

どうも光太郎がいい人すぎて「パシリ」としか捉《とら》えていない様子だ。

しかし、彼氏と声高に言えない光太郎は黙るしかない。

「ま、遠山花恋の愚痴とか色々聞いたげるからさ、言いたくなったら何でもいいからオネーさんに喋《しやべ》っちゃいな」

パシリ扱いの弱者男性に寄り添う姿勢を見せ、花恋のあれやこれやを近い人間から聞き出そうとする千春。

光太郎は「愚痴ですか」なんて頬《ほお》を掻《か》く。

「愚痴というか、ちょっとスキンシップが強いくらいで」

「むしろそれはご褒美《ほうび》だろ、そういうのじゃなくてもっと――」

何かを聞き出そうと必死な千春。

そこにスッと割って入る人影が――

「どうも」

青木《あおき》である。まるで守るように立ちはだかる彼女に千春は苛立《いらだ》った。

「なんだいアンタ」

ギロリ睨《にら》む彼女に青木はいつものように真顔で迎え撃つ。

「いえ、パワーハラスメントの臭いを嗅《か》ぎつけまして善良な市民として未然に防ごうかと」

「ちっ……話しているだけなのに、どこがパワハラなんだよ」

「新人ＡＤの立場に付け込んでマルチに勧誘し借金地獄に付け込もうとしているのでは？」

「こんな場所で堂々と勧誘なんてするかよ！」

「では何に付け込むおつもりで？」

「付け込む縛りやめてくんない⁉　……あぁもう、気がそがれたぜ」

邪魔が入ったと頭を掻いて去っていく千春。

青木は片眉《かたまゆ》を上げ光太郎を窘《たしな》める。

「めっ、です光太郎様」

「はい？」

「深雪お嬢様と言う人がありながらあのような輩《やから》に言い寄られるなど『めっ』以外の何物でもありません」

「あの、監督に言われましたし、それに悪い方だとは思わないのですが……」

確かに花恋に対する悪意は見え隠れしていた。

しかし、それは役者としての嫉妬、売れている人間に対する真っ当な感情ではと光太郎は考えた。多少偏見はあるがそのうち打ち解けるだろう……自分がそうだったから。

そんなことを考えている時、ふと青木が口走った妙な言葉が気になりだした。

「ん？　深雪お嬢様と言う人がありながら？　それを言うなら花恋さんのことでは？」

「……おっと」

わざとらしく口元を押さえる青木に光太郎はさらに気になってしまう。

「え？」

「オフレコでしたすいません、とんだケアレスミスですね」

意味深な青木の言動に混乱する光太郎だがその様子をスタッフが発見する。

「光太郎君、スタッフはこっちだよ」

「頼むぜ光太郎、今日は音声に挑戦してみるか？　なんてな」

「君がいると現場の空気が和むんだよね～バイト代も出してもらえると思うしケータリングも好きなだけ食べていいからね」

「あ、はい……」

大歓迎の光太郎。よほど心証がいいのだろう「わっしょいわっしょい」という掛け声が聞こえてきそうなくらいである。

「遠慮なさらず、私もありったけもらいましたから」

フンスと鼻を鳴らし、誇らしげにお菓子をパンパンに詰め込んでいるポッケを見せつける青木。あなたは子供かとツッコみたくなる光太郎だった。

とまぁスタッフにモテモテの光太郎、そこに御大臣よろしく深雪が現れた。

「よしなに」

「うわぁっ」

光太郎は驚いた、それはもう驚いた。

何も急に現れてびっくりしたわけではない、驚いたのはその深雪の装いにあった。

一言で語るのなら煌《きら》びやか。金糸による刺繍《ししゅう》とラメ、まるでミラーボールのような着物を身に纏《まと》っているからだ。このまま演歌のイントロでも流れて来そうな、そんな紅白歌合戦的衣装だった。

「おはようございます光太郎様」

にっこり微笑《ほほえ》む深雪にへりくだってしまう。

「おはようございます……すごい衣装だね深雪さん、どんなシーンを撮るの？」

「いえ、コレは私服です。衣装にはこれから着替えます」

「しふっ、私服⁉」

こんな情念歌い上げそうな着物を普段使いしているのかと問いただしたくもなるが、あまりにも熱を帯びた目つきだったので何も言い出せずにいた。

「これが私の決意の表れです」

そう言われ光太郎は納得した。

「あぁ、ドラマ撮影に気合いが入っているんですね」

「いえ、違います」

「違うのぉ⁉」

納得を即否定され動揺を隠せない光太郎。だったら何の決意だかさっぱりわからないと狼狽《うろた》えるしかない。

そこに花恋が現れる。

「おはようご……何してんのさ」

小ボケを挟む余裕もなく演歌歌手新人な深雪に呆《あき》れる花恋。彼女は「普段着ですが何か？」と平然としていた。

「別に普段と変わりませんけれども」

「あなたの役はそんな突飛な着物を着るシーンなんてないでしょ！　それよりまず離れなさ

い！」

強引《ごういん》に光太郎から引きはがされる深雪。だが――

「ふっ」

彼女は鼻で笑った、お嬢様らしからぬ勝ち誇ったような顔で。

哀れんですら見える深雪は憂いの微笑を浮かべた。

「まぁいいでしょう離れて差し上げます。私は心が広いので」

「態度もでっかいけどね！　なんつー非常識よ！」

現場に響く両名の声。

オーディションのやりとりを彷彿《ほうふつ》とさせるやり取りに周囲のスタッフはちょっとだけ引いていた。この舌戦は役に没入するためのアイドリングなのか、それとも素で喧嘩《けんか》しているのか摑《つか》みかねている状態。

「「……」」

触らぬ神に祟《たた》りなしと一歩引いていた。

スタッフと打ち解けるとはほど遠い現状を目の当《ま》たりにした光太郎は――

「アハハ」

むしろなんで付き添いだった自分の方が打ち解けてるんだ……と乾いた笑いを浮かべるしかない様子である。

その様子を遠目に見ている人物がいた。

「まーた騒いでんなぁ」

千春である。

情報収集を青木に阻まれ光太郎から離れたあとも何かないかとずっと見張っていた様子である。

「でも、あの二人の中心はやっぱあの少年だ、竜胆《りんどう》光太郎」

都合の良い男、断ることができず同級生の小間使いどころか撮影の手伝いまでする始末。

だがそれゆえ、人の懐《ふところ》に入り込む才能は一級品。自分にないスキルを持つ少年に辻千春は素直に感心する。

「ありゃ天性の人たらしだな。人が良すぎるのが欠点だが……いや、だからこそか」

とにかく花恋に深雪そしてスタッフとも親しく、さらには『部外者』という後腐れない立場――利用しない手はないと千春は唸《うな》った。

「可哀想《かわいそう》だが利用させてもらうよ竜胆光太郎。お礼と言っちゃ何だけど、あの読モの本性暴いて目を覚まさせてやるからさ……ぜってー裏でチャラい男と付き合っているだろう」

だがその可哀想な少年こそが花恋の彼氏（仮）だとは考えもしない千春だった。

それも無理ないだろう……なぜなら本人、光太郎自身が付き合っていることに未《いま》だ半信半疑なのだから。

この日の撮影も無事終わり、スタッフら（含む光太郎）が後片付けに勤《いそ》しむ中、辻千春は小井川《こいがわ》社長と人目の付きにくいところで何やら話し込んでいた。

事務所の社長とそこに所属する役者。会話するのは別段不自然ではない。しかし彼らの表情はまるで暗躍する悪党、時代劇で例えるなら悪代官と越後屋といった雰囲気である。

「で、どうだ？」

小井川は短く一言。

彼の言葉に対し千春は肩をすくめてみせる。

「あーちょっと進捗《しんちょく》は悪いっすね」

思うような返事でなく小井川はわかりやすく不機嫌になる。

「ワケを聞こうか」

「邪魔が入るんすよね～。いや、ちょうどいい情報源に『どした、話聞こか？』なんて近寄ってはみたんですが結構空振りで」

「遠山花恋本人でもないのに邪魔？」

そうなんですよと千春は顔で語る。

「遠山花恋とも桑島のお嬢様とも仲が良い、貴重な情報を握っている少年に近寄っちゃみましたが逆に仲が良すぎてそのどちらかが必ずいるんですよ。さらに桑島家の付き人もやたら少年を守ろうとして困ってるんですよね」

「手段を変えるのも手だぞ。遠山や桑島と仲良くなって本人から直接情報を引き出すとか」

「いや〜、私嫌いなんですよ、あぁいう苦労を知らないヤツ。仕事でも仲良くなりたくないっすね」

「少年なら仲良くなってもいいのか」

「言い方ヒドいっすね、まぁ正直あの純朴パシリの少年に現実を知ってもらいたいってのはあります、利用されているだけだぞと。むしろ――」

そこまで聞いた小井川は千春の狙《ねら》いがわかったようだ。

「利用された少年本人からの告発……か」

「そうです、本人はまだなんとも思っちゃいないかもしれませんが絶対ヒドい扱いをされているはずです。今ってコンプラ厳しいじゃないですか、イジメなんて事案が発覚したら一発アウトでしょ」

「そこまで考えていたか、相変わらず狡《ずる》い女だ」

「人聞き悪いっすね〜。暴露できて少年も救われる、ウィンウィンの関係ですよ。まぁそれと……」

「それとなんだ?」

千春は意味ありげに小さく口元に笑みをためた。

「こっちはあくまで好奇心なんですが、あの少年、人への取り入り方が尋常じゃなく上手《うま》くて……人が良いだけじゃ収まらない、どんな手法使っているのか興味がありまして」

千春は語る。たった二日でスタッフの過半数と打ち解けた少年。今この現場をコントロールしているのは監督とあの少年と言っても過言ではない、と。

現場をよく知る千春はその異常さに畏敬の念すら感じているようだ。

だが現場に興味のない小井川はせせら笑う。

「学校の校庭に野良犬が紛れたら生徒が盛り上がったりするのと一緒だろ、一般人が撮影現場を手伝う……物珍しさってやつだ」

「伝わんないですか……」

「だがお前の狙いは伝わった、少しサポートしてやろう」

そう言いながら小井川は懐から何かのチケットを取り出した。

「これは」

「ちょっと離れたところのにある温泉街のチケットだ、ちょうど二枚分ある」

差し出されたヨレヨレのチケットを手にした千春は小井川に意図を尋ねる。

「温泉ですか、疲れを癒《い》やしてこいと？」

「そんなわけないだろ、遠山花恋に渡してこいと言っているんだ。ヤツにもし彼氏がいたら一緒に行くだろ？」

「あぁ、そういうこと」

「気を張れよ辻、上の連中はこのドラマに何故《なぜ》かご執心だ」

「うえ？　上って何すか？　社長より上がいるんすか？」

「……とにかく失敗するな」

言葉少なに念押しし、小井川は去って行った。

その背中を見届けた千春は嘆息《たんそく》する。

「相変わらず現場を知らない社長さんだ。現場の雰囲気を良くするのがどれだけすげーのか……それこそ次の仕事につなげることができる才能なんだぜ」

自分にない才能……小井川に頼まれた仕事とは別に、千春は光太郎から手練手管《てれんてくだ》を吸収しようと考えていた。

「まぁこいつは言われたとおり遠山に渡しておきますよ、しっかし温泉でスキャンダル……普通は警戒するけど頭空っぽそうなあの女ならやりかねないな」

もらったチケットをポッケにねじ込み、千春はこの場を去って行った。

その様子を遠目から見られていたとも知らず。

「ふむ」

その人物は青木である。

「途中から、しかも唇を読んだので正確かはどうかわかりませんが、温泉でスキャンダルですか」

　アゴに手を当てしばし熟考する青木。

「花恋様が誘うのは十中八九、光太郎様……場合によっては過《あやま》ちが生じてしまうかも。それは深雪お嬢様にとって、いや桑島家と御園生《みそのお》家、両家にとって不幸になってしまう」

　そして青木は何か思いついたのかピコンと頭上に豆電球を灯《とも》すような仕草《しぐさ》を見せた。

「閃《ひらめ》きました、あの女の好きにさせず、深雪お嬢様の評価を上げつつ、なおかつ私も温泉を堪能《たんのう》できる策を……少々出費がかさんでしまうかもですが、まぁ私の懐が痛むわけでもありませんし問題ないでしょう」

　どうやら自分にとって都合の良いアイディアが思いついたようで……さっそく青木はスマホを手に連絡をし始めるのだった。


　そんなこんなで光太郎の「断れない男的、新人AD生活」は始まった。

　休日祝日に加えて、学校から直で現場に赴くこともしばしば……時には半休とって向かうこともあった。

「学生の本分はドラマ撮影だっけ？」と断れない男ぶりを見てジロウやクラスメイトらが苦笑するほどである。

「学年主任のスズセン心配していたぞ」

「あの人まだ『光太郎ビギナー』だから仕方ないさ〜」

「光太郎氏の『断れない男』ぶり……いずれ慣れることでしょう、改札ばさみから自動改札機に変わって皆最初は戸惑いましたが、その利便性はすぐに定着したのと一緒ですぞ」

「オデ、国立《くにたち》が年齢詐称《さしょう》していると、最近疑ってイル」

陽気な男子にイジられて苦笑する光太郎。

「アハハ、学業に支障きたさないように頑張るよ」

光太郎の決意とは裏腹に、回数を重ねるごとに彼への信頼はずんどこずんどこ増していく。

もはや現場の愛されマスコットキャラの領域まで達していた。

光太郎は素直に喜べなかった。

必要とされるのは非常に嬉しいことなのだが……

(花恋さんや深雪さん以上に歓迎されるのは困るなぁ)

どちらかというと彼女らがメインのはずなのに明らかに「喰《く》って」しまっているこの状況。

いかんともしがたいと光太郎は嘆《なげ》く。

そして日によっては喫茶店の手伝いもあり目の回る忙しさ。

「……ふぅ」

肉体疲労と気苦労。この二つでさすがの光太郎もお疲れのようである。常人なら倒れたりギブアップしてもおかしくないのだが無理してやってしまうのが光太郎たる所以《ゆえん》だろう。

「ぎゃふん」

そして花恋は光太郎以上にぐったりしていた、新人ＡＤの光太郎と違い肉体的にはそこまで疲弊《ひへい》はしていないはずなのだが慣れない現場、慣れない芝居、そして「スタッフと上手くなじめていない」状況でかなり消耗《しょうもう》しているようだ。

そんなわけで、帰宅後の花恋は「骨どこ行ったの？」とツッコみたくなるほどフニャフニャでソファーにもたれかかっていた。

そこに譲二《じょうじ》と菜摘《なつみ》が夕飯を持ってきてくれた。

「うぃ、メシじゃぞ」

「二人ともお疲れ様」

ここ最近、家事を手伝えていないことを思い出し光太郎は申し訳なさそうに頭を下げる。

「ごめんね、夕飯作り手伝えなくて」

「ええて、忙しいんじゃろ」

こういう時の叔父は頼りになるなと改めて感謝する光太郎。

「花恋ちゃんもだいぶお疲れね」

「………○×○△※」

こっちもこっちで家のことを手伝えず申し訳なさそうにしているのだが……疲れ果てて口が

追いつかないでいた。どう○つの森のキャラクターのような発音である。

「大変ねぇ」

このどう○つの森状態に慣れているのか菜摘はそこまで心配していない様子である。

しかし普段の「フルスロットル・ウザ絡《がら》み・ガール」を目の当たりにしている……というか被《こうむ》っている光太郎からしたら、ここまでのダウナーぶりを初めて見て大いに戸惑っていた。

「だ、大丈夫なんですか？　なんか花恋さん、人をダメにするクッションみたいになってますよ」

「大丈夫よ～光太郎君。お仕事で煮詰まるとこんな風になっちゃうことが、よくあるのよ」

よくあるんだ……と花恋の意外な一面を知る光太郎だった。

「わかるぞ、ワシも大きなレースを外したらこうなるわい」

「叔父さんは外してやけ酒飲んで二日酔いになるんでしょ、あとそれ、自業自得って言うんだからね」

酒飲みギャンブラーと一緒にしてはいけないと譲二を窘める光太郎。

が、叔父は悪びれる様子なく、そっと耳打ちをしてきた。

「……おう光太郎、花恋ちゃんにサービスせい」ヒソヒソ

「急にどうしたの叔父さん」ヒソッ⁉

変な提案に怪訝《けげん》な顔をする光太郎。

恋愛経験豊富を自称する叔父は不格好なウィンクをしてみせる。

「疲れているとき優しくするとポイントアップ、常識やろがい」ヒソヒソ
「優しくって具体的に何さ」ヒソヒソ
「それは自分で考えんか、何でも人に聞くのはいかんて」ヒソヒソ
声は上げるが具体案はない、会社の会議における最悪の上司ムーブをかます叔父に光太郎は呆れて物も言えなかった。

そんなやり取りの前でもそもそとご飯を口にする花恋。耳だけはピクピクと動いていることを光太郎は気がつかない。

「何言ってんのさ、まったく」

その一言で会話は終了。なんとも言えない空気のまま食事は終わった。

「じゃあ私は譲二さんを部屋に連れて行くわね」

「あとは～二人でごゆっくりじゃ～い」

キッチンでおつまみを作るついでに、こっそりビール瓶《びん》を一本開けた譲二。飲むなと言われたのに我慢できずにアルコールを補充していたようだ。

少々ご立腹な菜摘に抱えられ部屋へ去って行く叔父を心配そうに見送った。

「なんていうか菜摘さんが来てから、だいぶ酔うようになったなぁ。なんだかんだ緊張しているのか」

無謀な恋愛で経験こそ豊富だが失敗続きだった譲二にとって今の同棲《どうせい》状態は未知の領域なのかもしれない。

逆に駆け落ちしてまで結婚し女手一つで花恋を育てた菜摘の方が恋愛に関しては上手だろう……意外な関係性に思わず苦笑するのだった。

（でもなぁ……）

そんな恋愛有能風無能（笑）の叔父にやれ「サービス」だのやれ「ポイント」だの言われ説得力の欠片《かけら》もないことこのうえない。

（叔父さんの言ったことは忘れよう）

サービスするのをやめ、光太郎は食器を洗いにキッチンへと向かう。

しかし――

「んっ、んんっ。うう～ん」

花恋は部屋に戻らない。それどころかわざとらしく咳払《せきばら》いを始める始末。

食器を洗い終えてもその場に居座る彼女に光太郎はそれとなく尋ねてみることに。

「どうしたのかな？　花恋さん。部屋に戻らないの？」

しかし、彼女は頑《かたく》なに部屋に戻ろうとはしない。目を固くつぶったままである。

「花恋さん、どうしたの、気絶⁉」

「…………………………サービス」

「へ？」

グリンと首を回し、花恋は目を見開き光太郎を睨んだ。

「サービス！　待っているんですケド！」

「え、それって……」

叔父との小声トークをガッツリ聞いていたことにようやく気がついた光太郎……まぁ確かにあんな至近距離でヒソヒソやっていたら天然の菜摘はともかく普通は気がつくだろう。

「つまりさっきの会話は全部聞いていて、サービス欲しさにソワソワしながら待っていたの？」

「全てを言ってくれるんじゃないっ！」

例えるなら部下からの飲み会に誘われるのを待ち続けて無意味にパソコンの前に座り続けた上司が如《ごと》くだった……

なんともいない気まずさが光太郎の胸に去来したという。

「それはその……ゴメンというか……でも、サービスとか思いつかないよ」

花恋は光太郎の言い訳を真顔で聞き終えたあと、無言でソファーの上でうつ伏せになる。

「え？」

「マッサージせい！」

しっかりハッキリ、よく通る声でマッサージを要求したあと、恥ずかしさのあまりソファーに顔を埋《うず》める花恋。

光太郎は戸惑うしかない。

「え？　ええ？　マッサージ？」

普段ならそんな体にしっかり触る行為は遠慮しがちな光太郎。

だが……

(本当に疲れているんだろうなぁ、誰でもいいからマッサージして欲しいのか)

リテイクに次ぐリテイクに疲労困憊《こんぱい》だと察した光太郎は「揉んでくれれば誰でもいい」と考えるに至った。花恋本人は興奮のあまりマッサージを終えたあとのように血流が良くなっているなど知りもせずに……

「では」

「いざ」

まるで果たし合いをする武士が如くあうんの呼吸を交わす二人。

そして光太郎は凝っているであろう肩から肩甲骨周辺を中心にマッサージを始める。

モミィ――

思いのほか上手い光太郎の揉みほぐしテク。

花恋は驚き唸る。

「え？　もしかしてマッサージの研修とか受けた？」

「どこで受けるのそれ？」

「え、じゃあマッサージ部ってのがあって、こっそり入部したとか？　ウチの高校にあったっけそんな体育会系文化部」

「さすがに自由な校風が売りの桐郷《きりさと》だけど、さすがにないよそんな部。あったらジロウが真っ先に入部しているさ」

　女子の体に合法的に触れる、もしくは触れてもらえる……邪《よこしま》な気持ちで入部する悪友の姿が容易に想像でき光太郎は思わず苦笑してしまう。

「じゃあじゃあ秘訣《ひけつ》はなんだい大将」

　板前に料理のことを聞くように尋ねてくる花恋に光太郎は「たいしたことないよ」と謙遜した。

「叔父さんがよく体の節々を痛めるからね、加齢もあるんだろうけどお酒の飲みすぎで肩とか凝るみたいでさ。さて――」

　そう言いながら先ほど叔父が空けたビールの空き瓶を手に取る光太郎。

　背後でビール瓶を構える彼に花恋はぎょっとする。

「え、ちょ⁉　なんでそんなモノを⁉　君、私を殺すのかい⁉　金田一的なトリックを用いて⁉　やめときなって、あのトリックは身体能力お化けにしかできないよ……光太郎君は意外に身体能力あった⁉　私ピンチじゃん！」

「何、殺される前提で話を進めているの。ほら、うつ伏せうつ伏せ」

確かに殺人直前の絵面《えづら》だが、笑顔の光太郎はそのまま花恋の後頭部……ではなくふくらはぎにビール瓶を押し当てた。

「ふぎゃ！　……あれ、気持ちいい？」ゴリゴリ
麺を伸ばすようにビール瓶をふくらはぎの上で転がす光太郎。下から上へ、リンパを流すようにゴリゴリと……

「花恋さんちょっとむくんでいたからね、立ちっぱだったし」

「むう、確かに……むくみとは無縁なのが売りだったんだけどなぁ」

「頑張っているもんね」

その流れで花恋は光太郎にあることを尋ねる。

「そういえば君も頑張っているよね。具体的には辻さんと仲良くなろうとさぁ」

足のむくみは取れていくが、そのむくみが頬へと流れていったのかと思うくらい花恋の顔は嫉妬でむくれていく。

「いやいや、そんなことないって。向こうからよく話しかけられるだけでさ」

「みんな最初はそう言うんだ、我々取材班の質問から逃れようと雑な言い訳をさぁ」

「取材班って何⁉」

突拍子もないのはいつものことだが光太郎は「何してんねん」の気持ちが強い。ADとしての気構えが芽生え始めている証左でもあった。

「お芝居に集中しなって」

「君が悪いんだぞぉ、私という彼女がいながら」

「はいはい」

この塩対応に花恋は嘆息する。

「君に悪い虫が付かないようにいっそのこと付き合っていることを大々的に発表しようか」

「それはダメだよ」

即答する光太郎に彼女は口を尖《とが》らせる。

「なんでさ、学校のみんなは知ってるじゃん」

「主演の立場もあるし、今一緒に暮らしていることが知られたらそれこそ取材班の格好の餌、あることないこと書かれちゃうって」

「くそう、取材班めっ」

「……………それに虫除《よ》けの僕が本当に付き合っているってなったら色々大変なのは花恋さんの方だし――」

光太郎の消え入りそうな台詞《せりふ》は聞こえなかったのか、主演の立場や週刊誌の目などもろもろの不自由さに花恋は閉塞感を感じているようだ。

「なんか難しいなぁ、まさか一緒に暮らすことになって『よっしゃイチャイチャしまくれるじゃん』だったのに現実は今まで以上に人目を気にしなきゃいけないないなんて」

「イチャイチャ？」

「……あ、いや！　ほら！　朝から晩までウザ絡みできてストレス解消やっほっほい！　って意味だよ！」

「勘弁してよ、もう……」

「――しかも叔父さんやおかーさんいるからガッツリイチャつく気分になれないというか……ホント現実は厳しいね！」

「言っていることよくわからないけどドラマの主演だからさ、しょうがないよ」

「あーあ、オープンラブラブだった時代が懐《なつ》かしいね、でも人の知らない君を堪能できるからプラマイゼロかもね」

「オープンだった時代ってあった？」

「ないとは言わせないよ、例えなかったとしても」

「清々《すがすが》しすぎない？」

「ふふん、我が組織のねつ造を恐れるのなら言うことを聞くがよい」

「ロスイ〇ミナティみたいな組織に所属しているなんて初耳なんだけど」

「というわけでさ、コレもらったんだけど」

花恋はそう言いながらチケットらしきものを二枚、光太郎の鼻先に差し出した。

光太郎は何だろうと読み上げる。

「温泉？　けっこう良いところの旅館だ。どしたの？」

「辻さんからもらったんだ、なんか『疲れてるっしょ』って」

その様子を思い浮かべる光太郎は目を細めた。

「なんだかんだあの人っていい人なんだよ。僕と話をするときも色々心配してくれているみたいでさ」

「あぁ、そうだったんだ。無理矢理で新人ADだもんねぇ……今はちょっと距離あるけど絶対話が合うと思うんだよね、辻さんとは」

「断言したね」

「お互い苦労人だもの、目でわかる」

読モメインと子役上がり、似通った業界で下積みをしていたという意味で彼女にシンパシーを感じているようだ。

「うん、雰囲気は怖そうだけどさ、お節介の気質を感じるよ辻さんからは」

「その彼女の厚意に報いるためにも、一緒に行くよ」

「え？　菜摘さんとか誘いなよ」

「それはダメ！」

「なんでさ⁉」

「ほ、ほら……叔父さんと水入らずの時間って必要じゃない」

「だったら、なおさら二人に行ってもらったら」

「だぁ！　せっかくもらったんだよ！　あと私も疲れてんの！」

無理やりチケットを押し付けられた光太郎。鈍い彼には花恋の「二人で一緒に行きたい」という願望は伝わらず、ただただ苦笑していたのだった。


光太郎が花恋との温泉旅行を了解した次の日――

いつものように別々に喫茶店を出る光太郎と花恋。

その様子を仕込みをしながら譲二がいじってきた。

「なんや、浮気《うわき》しているような行動やな」

「言い方ぁ！」

「ホテルを別々に出る密会した有名人みたいね」

「菜摘さんまで……」

とまぁ、花恋が出たあとこのようなイジリを受けるのが日課となりつつあった。

ひとイジり終えて揚々と仕込みに入る譲二。

「はぁ、じゃあいってきま〜――」

嘆息し登校しようとした光太郎に、菜摘が先ほどとは打って変わって真剣な顔で話しかけてきた。

「ねぇ。光ちゃん」

「こうちゃ……あ、ハイ」

菜摘の普段見せない真剣な顔つきに光太郎は背筋を伸ばし反応。

そして彼女は改めてこんなことを聞いてきた。

「やっぱり、一緒にいると迷惑かしら？」

「え？」

急にこんなことを言われ光太郎は約四秒ほどフリーズ。

固まる彼を前に菜摘は頬に手を当て申し訳なさそうに訥々《とつとつ》と喋りだした。

「私はね、楽しいわ」

「あ、僕もです。譲二叔父さんなんて僕より楽しいんじゃないかな？　菜摘さんと一緒に暮らして緊張で空回っているところもありますが」

叔父をネタにして空気を和ませようとするが菜摘は真剣そのものだった。

「でもね、一緒に暮らすことが光ちゃんの負担になっているんじゃないかと思うと……ね」

「いえ、そんなことは――」

そこまで言って言葉に詰まる光太郎。

なぜなら、「ない」とは言い切れなかったからだ。

理由は明白、やはり花恋の存在だ。

一緒に過ごす時間は別に問題ない、むしろ楽しいくらいなのだが……

（なんせドラマ女優だもんなぁ）

同じ屋根の下で暮らすこと、それが今後の彼女に悪影響を与えてしまうのではないか、そっちが心配で仕方がないのである。

恋人（笑）程度ならば「遊ばれている」とか「体《てい》よく使われている」と思われるだろうが「一緒に住んでいる」となると話は変わる。

（本気の彼氏って思われちゃうよ）

もちろん花恋にとっては本気も本気、超本命なのだが……未だ「虫除け彼氏」と思っている光太郎、この解釈違いが彼を苦しめていた。

そのことを、そのまま言うわけにもいかない光太郎は笑って誤魔化《ごまか》すしかない。

「大丈夫ですよ」

「……あら？　本当かしら？」

勘の鋭い菜摘はほんわかした口調で食い下がる。そこに、

「おうい、ちょっと手伝ってくれい」

譲二ののんきな呼び声でこの会話は中断。光太郎は逃げるようにこの場をあとにしたのだった。

「どうしたものかな……」

登校しながら光太郎はポリポリと頭を掻く。ブラウンがかった髪の毛を指で遊びながら難しい顔をしていた。

「菜摘さん、やっぱ鋭いなぁ」

おっとりとした雰囲気ながら本質を見抜く力に長《た》けている……さすがはこの地を束《たば》ねる大地主「桑島家」の人間と感心する。

告白間違いをしたという負い目のある光太郎は罪悪感が募っていく。

「まいったなぁ」

いつか誰かに聞いてもらいたい、事情をよく知らない誰かに相談したい……そんなことを考えているなど知らず、先に出た花恋が声をかけてきた。

「ぐっもーにん、ミスター光太郎」

何も知らずに脳天気に……いや、いつも以上にテンションの高い彼女に光太郎はやや疲れ気味に対応する。

「や、おはよう」

今朝《けさ》交わした挨拶を路上でも……この手の偽装に慣れたところである。

「ん～？　悩んでいるのかね若人《わこうど》よ、その悩みを私が当ててみせようか？　当たったら百万円ね」

「それだけで百万⁉」

「百万はちょっともらいすぎか～なんせわかりやすいもんなぁ君の悩みは」

「えぇ？　わかるの？」

「もちろんさ、君はズバリ！　どんな温泉に入ろうか悩んでいる！」

自信満々に答える花恋を見て光太郎は――

「……うん」

鼻から返事が漏《も》れたという。

そんな機微など意に介さず、花恋はテンション高く肘《ひじ》でグリグリしてくる。

「最初は無難に大浴場？　意外に薬湯から？　もしかしてツボ湯⁉　渋いねぇ、オタク」

ここまで攻められ光太郎は気がつく「あぁ朝からテンション高いのは温泉に行けるからか」……と。

本当のことは言えない光太郎、歯切れ悪く返答する。

「いや、まぁ、その」

「なにさ、楽しみじゃないってのかい？」

「そうじゃないんだけどね、むしろ二人で行くのはいかがなものかと……他《ほか》の人に勘ぐられて色々変に思われたら」

少々軽率なのではと、お湯に浸《つ》かって疲れを取りたいのはわかるけど……と光太郎。花恋は強気の姿勢である。

「こっそり行けば大丈夫だし、今まで散々デートしてきたじゃん」

押し切られる光太郎は何も言えずにいた。

「でも、温泉はやっぱなぁ」

ドラマを台なしにしてしまうのではないか、まぁバレずにお湯に浸かるだけで特に悪いことするわけでもないし、バレなきゃ……

そんなことを考えながら教室に入ると——

「よぉ光太郎、温泉行くだろ」

開口一番ジロウに「温泉」と言われ光太郎は度肝を抜かした。

「「なんでっ⁉」」

「何故もうバレた」と仲良くリアクションをする光太郎と花恋。

一方ジロウは「なんで驚いているんだ」と逆に驚いている。

「え？　聞いてないのお前ら」

バレたとは違うジロウの反応。そしてクラスメイトたちも二人が内緒で温泉旅行するなど知らないような態度だった。

「いや～温泉久しぶりさ」

「ローカルバスに揺られて、たまりませんなぁ」

「オデ、電気風呂《ぶろ》、入ってみたイ」

それどころか温泉に行く気満々のような周囲に二人は顔を見合わせる。

「どういう」

「ことだろ」

首をひねる二人に丸山《まるやま》が尋ねてくる。

「え？　二人とも聞いていないの？　桑島さんがウチのクラスと花恋を連れて温泉に行く計画立ててくれたって話。旅費も何もかも全部桑島さん持ちなんだって」

どういうことだと目を丸くする光太郎。

タイミングを見計らったかのように深雪が現れる。

「ご説明しますわ光太郎様」

「み、深雪さん」

「慣れないお芝居やドラマ撮影、さすがの私も少々疲れてしまいまして……しかし一人で行くのは味気ない、そこでオーディションで応援してくださった光太郎様と１-Ａの方々、ついでに花恋さんを招いて小旅行と提案させていただきました」

「さすがお嬢様、略して『さすおじょ』ですね」

合いの手を入れる青木。語呂の悪い合いの手であった。

話を聞くと日にちも場所も全て花恋たちの日取りと一緒、花恋は大いにうろたえた。

「ちょ、どういうことよそれ、なんで——」

深雪は素知らぬ顔で「なんで」の後に続く言葉に言及した。

「なんで？　とは何でしょう？　まさか主演でありながらスタッフの方と温泉旅行になんて計画しておりませんわよね。例え恋人という関係であろうとなかろうと、絶対、まんじりとも違ったとしても、世の中には変な勘ぐりをする連中は掃いて捨てて焼却処分するほどあり、余りまくっております。あることないことねつ造する連中がごまんといる中で誤解を招くような行動するくらいなら『一人でどっか行け、頭お花畑か』と言いたいところですが………よもやそのようなこと考えておいでではないですよね」

「………カンガエテナイヨー」

トゲのある言い方……というより何かを知っているような深雪の言葉。

邪な気持ち満々であったであろう花恋はバツの悪い顔をして鼻から抜けるような声で返事をした。

「く、バレていたとは……でもどうしてクラスのみんなを誘ったんだろ。まぁ一緒に温泉は楽しいけどさ」

そんな花恋の独り言に青木が反応する。

「悪党の思い通りにさせたくない義憤と『使用人だけど一流の温泉や料理を堪能したい』とい

う日頃の鬱憤《うっぷん》、その両方を満たすため私が提案した策でございます……これ、オフレコでお願いしますね」

「はぁ、悪党？」

よくわからないがやたら熱のこもる青木に生返事の花恋。

一方、光太郎は深雪の一連の行動に感心していた。

（さすが深雪さん、ドラマのことを考えて週刊誌に変なことを書かれないように、かつ花恋さんが温泉に行けるよう考えてくれたんだ）

もちろん、そんな意図はほとんどなく、光太郎と花恋がしっぽり温泉旅行に行くことを全力で阻止した結果なのだが……どんどんと彼女に対する光太郎の評価は上がっていくのだった。

そして深雪にしてやられた花恋は別のことを考えていた。

「それはいいとして、じゃあ余ったチケットどうしようかな……どうしよっか光太郎君」

「ん〜、じゃあさ、辻さんも誘おうか。この人数じゃ保護者が必要でしょ」

「いいね、そうしよっか」

後日そのことを告げられた千春は「作戦が台なしになった」と頭を抱えることになったという。

その日の午後、小井川芸能事務所にて。

社長の小井川は千春の報告に怪訝な顔を見せる。

「なんだって」

「だから、失敗に終わりましたよ社長の作戦」

耳をほじりながら千春は桑島深雪が手を回し花恋だけでなく学校のクラスメイト数十名を招いてプチ温泉旅行することになったことを説明する。

作戦が失敗に終わったことを告げられ小井川は頭を抱えた。

「こちらの作戦が読まれていたということか？　なぜ桑島が邪魔をする⁉」

「わかんないっすよ、でもこれじゃ『温泉地で密会』なんてスキャンダルにはならないっす。クラスメイトと仲良しほっこりニュースになるのが関の山」

それどころか「これだけの友人を誘える桑島が太っ腹」という評判上げ記事にしかならない。

「それを見越しての行動というのか……恐ろしい、大地主の長女だけあるな。こちらの手は全てバレていると考えるべきか」

「いや、そうとも限りませんよ」

そう言いながら千春は手にしたチケットを見せる。

「俺《おれ》が渡したチケット、突っ返されたのか？」

「突っ返されたどころか『一緒に行きませんか？』って温泉旅行に誘われました、保護者の変わりで恐縮ですがって」

小井川は無言で思案した後、こう考える。

「罠《わな》にかけるつもりが罠にかけられそうになっている、そう考えるべきか。それとも——」

「遠山花恋の方はまだ気がついていないかもですね、こっちの計画に」

「とにかく、その可能性が少しでも残っているのなら罠だろうが向かうべきだ。お前の価値はそれだけなんだからしっかり働けよ」

「……はい」

短く返事をする千春。

そして社長室を出たあと、辻千春は自嘲《じちょう》気味に笑う。

自分にはこの生き方しかできない、この業界で食っていくにはこういうこともしないと生き残れない。

「もう後戻りはできねぇよ」

今退《ひ》いたら今までの自分を否定することになる、ちっぽけなプライドまでなくしたら自分が自分でなくなる。

「だから必死に食らいついてやる——撮るぜ、スキャンダル」

成功して自分がしてきたことを正しいと言えるようになるまで。

そんな悲壮な思いを胸に、辻千春は虎穴には入らずんばの覚悟で温泉旅行についていくことにしたのだった。

第③話 みんながハッチャケて温泉旅行なのに疲れが取れません！

呉竹《ごたけ》温泉。

山間の小さな清流とその脇に茂る竹林が風情《ふぜい》あふれる温泉地である。

観光地というよりも人里離れのんびりと過ごす静養地であり企業の保養所が多く建てられている、そんな場所だ。

疲れた大人がゆっくりするようなところで学生が楽しめるようなスポットはほぼないのだが……「学校行事ではなく単なるお楽しみ旅行」「お目付け役の教師が不在」「宿泊費無料」この三要素が合わさって、テンションが上がらないわけがないのである。

「一年！　A組！」

「「「温泉旅行!!」」」

「「「「イエーィ!!」」」」

某金○先生のオープニングよろしくかけ声揃《そろ》えてはしゃぐ1-Aのクラスメイト。

「With、1-Cの遠山花恋《とおやまかれん》でっす」

隣のクラスの花恋も便乗してノリノリだ。

「えーっと、1-Bです」

このノリにどうついていこうか思案して困りながら深雪《みゆき》。

「湯上がりのビール……イェイ」

もう欲望が口から漏《も》れている青木《あおき》とまさにカオスな状況だった。

この旅行を提案し旅費まで出してくれた深雪に1-Aの面々は揃って頭を下げる。

「桑島《くわしま》さん！」

「「ありがとうございまーす」」

ジロウの先導からクラス総出で感謝の意を述べる。まるで総長に対する構成員の図であった。

「えっと、よしなに。なんて」

少々冗談めいた感じで手を挙げる深雪、彼女もなんだかんだでノリは良いのである。

大声で感謝されて照れている深雪に光太郎《こうたろう》が素朴な疑問を投げかける。

「あの、いくら桑島家の長女でもこの人数を旅行に連れて行くのは大変なんじゃ」

その問いに対し青木がニュッと首を伸ばして説明を始める。

「それにはご心配及びません、この温泉地は桑島が出資しておりますので」

「出資ですか？」

「ええ、まぁぶっちゃけ埋蔵金を掘り当てようとしたけど何も出ず放置されていたのですが……そんな穴ぼこだらけになった土地を格安で買い取り、整備し、旅館を建て、他県から温泉を輸送し小規模な温泉街として再興させた経緯がありまして。ここ一帯の方は桑島が白と言うなら黒であろうと赤であろうとマゼンダだろうと白と言うでしょう」

「あ、はい」

御園生家《みそのお》（ウチ）も豪腕で商圏を広げていったけど桑島家も大概だなと改めて感心する光太郎だった。

「というわけで何の気兼ねなく楽しんでくださいませ。皆様にはオーディションで応援していただいたご縁がございますので」

もちろんこれは方便であり半分嘘《うそ》。実際は光太郎と花恋が二人で温泉旅行に行くことを阻止するためである。クラスメイトを呼んだのは確かに感謝もあるが大勢の友人の前で一線を越えることはないだろうという考えからだ。

「……スキャンダル防止とついでに温泉にもありつける、一石二鳥でございます」

真顔だが心なしかほくほく顔の青木であった。

「いやー桑島さん太っ腹さぁ、俺《おれ》の腹ほどではないけどな」

自分のお腹《なか》を叩《たた》いて自虐混じりで深雪に感謝する沖縄出身の仲村渠《なかんだかり》。筋肉と脂肪でつまったお腹は叩くと非常にいい音を鳴らした。

その仲村渠を丸山《まるやま》がイジる。

「仲村渠君も部活入りなよ～、陸上部の砲丸投げとかどう？」

誘われた仲村渠はまんざらでもない様子である。

「それも悪くないんだよなぁ、このままじゃメタボまっしぐら。アマチュアボクシングがあれば良かったんだが」

悩める海人《うみんちゅ》に国立《くにたち》が助言する。

「焦《あせ》ることはないと思いますよ、人生こそ車窓を眺めながら鈍行くらいが丁度良いものですよねボブ君」

「オデ知ってぃル、急《せ》いては事をし損ずル」

そんな風にワイワイとクラスメイトが盛り上がる中――

「……」

なんとも場違いな感じで辻千春《つじちはる》がそこにいた。周囲もなぜかしれっと混ざっている千春にやや警戒気味である。服装もライダースージャケットと話しかけにくい雰囲気を醸《かも》し出しているため誰も声をかけようとはしなかった。

そんな彼女を気遣《きづか》って花恋が声をかける。

「ごめんなさい勝手にクラスで盛り上がっちゃって」

「あぁいいって、高校生はこのくらいの元気が丁度良いさ」

頭を下げる花恋にいいよと気遣う千春。

「……せいぜい羽目を外してくれや」

スキャンダルを手に入れるという目的がある彼女は小声でそうつぶやいた。

続いて光太郎も頭を下げる。

「本当はのんびりして欲しかったんですが、ごめんなさい保護者みたいになってしまって」

「お前、こっちでもお気遣いの人なのかよ」

「アハハ、すいません。みんな挨拶《あいさつ》して～、撮影現場でお世話になっている辻千春さん」

撮影現場でも学校生活でも気苦労の絶えないヤツだと苦笑する千春。

そんな彼女に――

「「よろしくおねがいしま～す」」

クラス全員頭を下げて挨拶、これには千春もタジタジだ。

「調子狂うな、まったく」

これから仲間の遠山花恋を陥《おとしい》れようとしているというのに……やりにくいと千春は頬《ほお》を掻《か》き光太郎と花恋の方を向く。

深雪を交え、二人は仲良さそうに話している。撮影現場ではわからなかったがなんとも微笑《ほほえ》ましい関係に見て取れる。少なくともパシリとして扱っている感じはない。

だが千春はそんな自分の考えを戒める。

「いやいや、あんな調子乗っている読モが冴《さ》えない少年に？　ぜってー裏があるに決まっている。あの女の本性、暴いてみせるぜ……ん？」

そんな意気込む彼女の前に青木がすっと立ち尽くす。

「んだよ」

撮影現場でも度々絡《から》んでくる深雪の付き人に千春はうんざりした表情を見せた。

「保護者は私一人で十分、とだけ言わせていただければ」

トゲのある口調の青木に千春はにへらと笑う。

「好きにしな、だったら私はのんびり湯に浸《つ》からせてもらうだけだ」

手をヒラヒラさせて移動する千春。

青木は真顔でその背をじっと見ていた、敵意をにじませながら。

そしてクラスメイトたち各々《おのおの》自由に旅館を目指す、観光協会が出している格安のマイクロバスに乗る生徒もいれば風景を楽しむため散策しながら歩いて向かうものと様々だ。

「じゃあ俺らは市営バスで向かうさ」

「私は歩くね、途中の足湯楽しみ」

「いやはやローカルバスの旅、たまりませんな」

皆が好きに旅館に向かう中、光太郎と花恋、深雪、そして千春は同じマイクロバスに乗り合わせることになるのだった。

呉越同舟という四文字熟語をご存知だろうか。

仲の悪いもの同士が一所にいることを意味する。

戦《いくさ》を繰り返す宿敵同士が同じ船に乗り一触即発な状態を指す四文字熟語……

バスの車内はそんな呉越同舟を表しているかのような雰囲気になっていた。

バスと言ってもマイクロバスだ。観光自治体が管理する中型車を改造し、のんびりと名所などを巡回するような代物《しろもの》である。

普段なら、運転手の地元の方が「ここからの景色はですねー」なんて簡単な観光案内などを交えながら運転してくれるのだろうが。

「「「……」」」

この雰囲気である。観光案内どころではない空気に運転手も黙《だんま》りだ。

後部座席は光太郎と深雪、一つ前の席に千春と花恋、一人がけの席に座るは青木といった構図。

「ジー……」

深雪と光太郎が並んでいること対し、花恋は警戒をし続ける。

椅子《いす》越しにジロリと見ている様子はさながらプレーリードッグを彷彿《ほうふつ》とさせる。

「あ～、ところで光太郎君よぉ――」

「エッフン、ゴッフン！　失礼しました」

「コイツ……」

そんな光太郎に千春が話しかけようとするが、それを青木が目で牽制《けんせい》……互いが互いを警戒しているような異様な雰囲気を漂わせているのであった。

「あの光太郎様、車酔いなど大丈夫でしょうか？」

「うん、大丈夫だよ」

「もし呼ばれましたら私の膝《ひざ》が空いておりますので、参考までに」

このやりとりに前方座席からじっとり見ていた花恋が噛《か》みつく。

「何が参考までによ……じゃあ私の手荷物そこに置いていいかな？　空いているんでしょ？」

手荷物という名のキャリーバッグを指さす花恋に深雪はたまらず抗議する。

「ちょ、なんでそんな絶妙に重そうなものをチョイスするんですか？」

そんな花恋が茶々を入れる様子を見て千春は笑って光太郎に同情する。

「大変だね光太郎君も、ところでさ――」

「おっと急カーブが」

「って⁉　何するんだ⁉」

「すいません、急カーブでバランスを崩してしまいました」

無関係なところで邪魔をする青木。

「急カーブって、なだらかな平面だろうがよ！」

「いえいえ、地球は丸いので一見平面でも実は曲線だったりするんですよ」

……とまあ、こんな感じで、互いが互いを牽制するような状況だ。

呉越同舟という四文字熟語には他《ほか》にも「転じて敵味方同士が反目し合いながらも共通の困難に打ち勝つ」という意味もあるのだが……今の彼らは船が嵐《あらし》に見舞われようと素直に協力せず、すぐに転覆しそうになるだろう。

一人気遣いができる男、光太郎は皆が妙な空気を醸し出しているのを察し、差し障りのない話題を振ってみせる。

「どうしたんですか、青木さん？　いつも以上に荒ぶってますけど」

「そうでしょうか、至って私平常運転なのですが」

なぜ千春に対して敵意満々なのかは触れてはいけないと感じ取った光太郎、すぐさま話題を切り上げ今度は千春を気遣いドラマの話題を振る。

「アハハ、ところで、ドラマの方は順調ですか？」

千春と花恋の方に声をかけたつもりだが、なぜか横の深雪が口を挟んできた。構ってもらいたい子供のする素振りである。

「もちろん私は順調です。でもまぁ花恋さんは柄にもなく主役の重圧に苦戦しているようですが」

チラリ花恋に視線を送る深雪。自覚があるのか、その言葉にぐうの音も出ないようである。

「うぎゅう」

ぐうの音の代わりにカエルを潰《つぶ》したような声が漏れた。本当に苦戦していると察した光太郎は心配する。

「そんなに大変なの？　スタッフ側じゃよくわからないんだけど」

それについてベテランの千春が補足説明を始めた。

「まぁドラマ撮影は余裕持ってスケジュール組んでいるからそこまで気にすることはない」

「あ、そうなんですか」

「ただ、これが続くと現場の士気はダダ下がりだ。それに時間食った分あとの撮影に響くから撮影後半の空気が悪くなるぞ。視聴率や評判がよけりゃいいんだが悪かったらもう最悪だ」

「え、そ、それって大変なのでは？」

他人事《ひとごと》のような千春に自分のことのように狼狽《うろた》える光太郎……二人の性格の違いがうかがえる。

当事者の花恋はバツの悪い顔をした。

「まあ、時間がかかっているのは本当。現場の人が明るく接してくれるから余計辛《つら》いんだよね……」

深雪はやれやれと首を横に振る。

「あなたの悪いところが出ていますよね。変なことばっかり気にして、自分を前面に出せと言われたではないですか」

「ま、お嬢様のように出しすぎると大変ですが」

青木さんの含みある言葉に深雪はなぜか褒《ほ》められていないのに自慢げにフフンと鼻を鳴らした。

「それはもう光太郎様のおかげで健康な体を手に入れたので」

前向きの権化と化した彼女は、その流れで花恋をフォローする。

「まあ、今日の温泉でリフレッシュして気持ちを切り替えてくださいな。今後、もっと大変なことが訪れるでしょうから」

「言われなくても切り替えますよーだ……もっと大変なこと？　占い師にでもなったつもりかい？」

「おっと」と深雪はわざとらしく口をつぐむ。

「おっといけねぇ……ですわ。あら、そろそろ着いたようですわね」

わざとらしいごまかし方に突っ込む間もなくマイクロバスは旅館の前で停車する。

一同が荷物を抱えて降りた先には、およそ旅館とは思えぬ敷地と簡素な門構えが彼らを出迎える。

歓迎〇〇様のような看板はなく、どこか避暑地めいた雰囲気。芸能人がお忍びで通いそうなイメージを想起させる。

磨《みが》かれた丸石の砂利道《じゃりみち》を奥の方まで歩くと、ようやく宿泊施設が顔を見せる。

そうだ。

青木曰《いわ》く、この宿泊施設は会員制で関係者やその家族ぐらいしか入れない特別な旅館なんだ
「そうでしょうとも、ここは桑島関連の会社の保養所ですから」

光太郎の言葉に青木がうなずく。

「なんか普通の旅館と違うね」


「観光シーズンでもゆったり静養ができると会員様からは評判なのですわ。インバウンドなどでごった返さないのはこの時代最高の魅力と言えるでしょう」

「たしかに、外国の方と旅行シーズンがかぶると大変だもんね」

シーズン中、商店街でいろいろ経験している光太郎。インバウンドの大変さが身に染《し》みているのか、実感のこもった言葉を紡《つむ》ぐ。

建物の中はというと非常に趣《おもむき》のある造りになっていて、ロビーには豪奢《ごうしゃ》な絨毯《じゅうたん》が引かれて広く、奥には川が流れ鹿威《ししおど》しが鳴り響く庭園が見える。

ロビーは大木を切り出した大きなテーブルがいくつも設《しつら》えられており。もうすでにクラスメイトの何名かはソファーに座ってウェルカムドリンクを飲むなどくつろいでいた。

「よ、俺たちの方が早かったな」

コーヒー片手に挨拶をしてくるジロウはボブと談笑しているようだ。

「オデ、おくゆかしきニホン庭園、好き」

コーヒーをゆっくりすするボブ。

異国情緒あふれる彼は実に様になっている……一人だけお忍びで日本を堪能《たんのう》しに来たアラブの石油王のような感じで学生と混じっている様子がなんともシュールである。

「丸山とかクニとかはまだだな。騒がしいやつらがいない間にゆっくりしとけ光太郎」

「自分が普段一番騒がしいくせに……」

光太郎のツッコミそこそこに素知らぬ顔でコーヒーを口に運ぶジロウ。

「こうやってコーヒーを静かに飲む男はモテるんだよなあボブ」

「オデ、知っている。ジロウ、かっこつけて逆ナン待ちしている。ブラックコーヒー飲めないのに無理してる」

「オイ、ボブ！　それをバラすんじゃねぇ！」

なるほど、どうりで着くのが早かったと納得する光太郎だった。

「残念ですが、ここは関係者の保養所ですので逆ナンするような方はいないかと思います」

青木さんの辛辣《しんらつ》な言葉。ジロウは狼狽える。

「逆に！　あえて！　見させてください、夢っ！」

「子供が逆張りなんてするもんじゃないですよ。それは悪手です」

そんなやりとりの中、花恋はジロウの手にしているコーヒーに興味津々《しんしん》だった。

「ね、ジロウくん。それってもしかして……」

「あはい、ウェルカムドリンクだけど」

「っ！　つまり飲み放題だよね⁉」

飲み放題と知ってめちゃくちゃテンションの上がる花恋、目にも止まらぬ俊敏《しゅんびん》さでコップを手に取った。

「っ！　ここのドリンクバー良い感じだよ！　100％系のジュース、ココアもある！　原価高い奴《やつ》が盛りだくさんだ！」

いくら旅先のテンションとはいえ「元を取る」発言はいかがなものかと光太郎は優しく咎《とが》めた。

「あの、花恋さん、旅館で元取る発言は……そもそも深雪さんの招待だし」

光太郎の正論。

しかし花恋は吠《ほ》える。猛々《たけだけ》しく吠える。

「何を言ってるの光太郎君っ！　遠山花恋は挑戦を諦《あきら》めないよ！」

「挑戦は諦めなくて良いけど遠慮はした方がいいよ……飲みすぎは体に悪いよ」

花恋は聞く耳を持たず目をランランと輝かせ、喜々とした表情で原価の高い方からウェルカムドリンクを飲みだした。湧水《わきみず》を汲《く》む登山客のような堂々とした振る舞いは逆に清々《すがすが》しい。

「……なんつーかイメージと違うなオイ」

ウェルカムドリンクをカパカパ飲み比べする花恋に千春は呆《あき》れて頭を掻いた。

これを皮切りに、「調子に乗った性格の悪い読者モデル」というイメージが百八十度変わるなど……彼女はまだ知らないのであった。

「うまーい！　いくらでも飲めるねコレ！」


小一時間後。

「うぅ……お腹がタプタプだ」

「全く、何やってるんですか？」

「面目ねぇ」

飲みものを飲みすぎて歩くたびに胃の中のチャプチャプ音が聞こえる花恋と苦言を呈する深雪。

花恋がいつものように口喧嘩《くちげんか》になることなく素直に答えるのを見るに彼女自身やらかした自覚はあるようだ。

「千春さんもすみません」

「……あぁ」

なぜか肩を貸す羽目になった千春、彼女は「調子狂うなぁ」とボヤキ続けていた。

「とりあえずこのまま荷物置いたら温泉でいいのか？」

「よろしいかと思いますわ」

花恋が答える前に深雪が即答した。

「とりあえず、この水太りさんはサウナに突っ込んで水抜きをする必要があるかと」

「オイオイ、飲んですぐとか危険じゃないか？　ぶっ倒れるぞ」

「ご安心ください、花恋さんは丈夫ですので。それに、もしものことを考え塩タブレットも持参しています。ナトリウム不足にはならないかと」

「ナトリウム不足って」

「他にも諸々《もろもろ》ありますので気分を悪くしたら順次投薬する予定です……うふふ、ちょっとした実験気分ですね」

健康オタクの一面のある深雪は花恋で色々試してみたいようである。不気味に笑う彼女の姿はマッドサイエンティストのそれだった。

「あ、はい」

闇《やみ》を感じた千春は触れてはならないとそっぽを向く。

一方、水抜きとかいう格闘家の減量法をノリで言われた花恋は文句の一つでもたれるかと思いきや……

「サウナ!?」

「ほら、嫌がってるぞ」

「入る入る！　もったいないもん！」

目をらんらんと輝かせていた。

「もったいないって……」

呆れる千春に花恋は持論を展開する。

「千春さん、せっかくなんだよ。こんなしっかりとしたサウナなんてめったに入れないんだから。お風呂《ふろ》でビニール傘開いてお手製サウナもどきを作ったことならあるけど、あれより絶対いいって」

「お手製サウナ⁉」

「そうなんですよ、体型維持に良くやってましたよ……やりません？」

なんつうDIYだと驚く千春に丸山がいらない補足説明をする。

「そうなんですよ千春さん、この娘何かとDIYで作ろうとして～この前は美容液作ったんだっけ」

「そうそう、ビタミンCやコラーゲンが良いと聞いてデパ地下でもらえる牛脂とミカンの皮で作ったよ」

「おま、それ……」

ちなみに牛脂とコラーゲンは別物である。そしてミカンの皮も肌に使う場合しっかり洗う必要があり……つまり「絶対にマネしないでください」案件である。

「おいおい、なんつー……いや、なんつー話だ」

確かに花恋の暴露情報をネタにしたいと思っていた千春だが「欲しかったのと違う」と嘆《なげ》く。

「これじゃあバラエティーのエピソードトークじゃん」と驚愕《きょうがく》を通り越しちょっと感心すらしている。

「おいおい……」

自分の持つ花恋のイメージとの乖離《かいり》が激しく、大いに戸惑う千春だった。

その頃《ころ》、男子たちはというと。

「なんくるないさ〜！　温泉じゃ〜い！」

ドッバーン！

巨漢の仲村渠のダイブで盛大に温泉大会の幕をあげていた。

「うわ⁉」

弾《はじ》けるお湯しぶきの中、光太郎は同級生のハシャギを諌《いさ》める。

「ちょっと仲村渠くん⁉」

「スマンスマン、つい美ら海《ちゆ》思い出してしまった。ま、人がいないからいいだろう」

「そうですぞ仲村渠君、準備運動しないとだめですぞ」

「おお、確かに。失念しとった」

「確かにじゃないって、準備運動すれば良いってもんじゃないよ国立君！」

国立と仲村渠の会話に突っ込む光太郎。

「ジロウスプラッシュ！　ゴールデン大回転！」

その横で「そりゃ」と股間大開脚でダイブするジロウ。汚いしぶきがまき散らされる。

「ネーミングも絵面《えづら》も全部酷《ひど》いよ！　夢に出るよ！」

「うりゃ！　おっぴろげダイブだ！」「俺はル○ン三世風に」「押すなよ！　絶対押すなよ！　……誰か押せよ！」

そして次々に思い思いに飛び込むクラスメート光太郎は「んもう」と呆れる。

「みんな全く、ボブを見習いなよ」

皆が大喜利飛び込みをかます中で一人しっとりと湯船に浸かるボブは湯加減に感嘆《かんたん》の息を漏らしていた。

「オデいい気分。五臓六腑《ごぞうろっぷ》に染み渡る」

「それ、お酒飲んだ時の感想ね」

「ぬう、スマヌ、日本語『フジ＝ユウ』ゆえ」

深く陳謝するボブ。頭に乗せたタオルがずれる。

「しかし、こう見るとボブのやつ……」

「そうですな、一見女性と勘違いしてしまいますな」

褐色の肌に長髪の長身なまめかしい雰囲気のアラブの石油王ぽさを漂わせるボブにまもなく素朴な疑問が飛んでくる。

「ところで、ボブはどこの出身なんだ？」

「それは禁則事項だ。触れてはならぬ」

急に流暢《りゅうちょう》な口調のボブ。何度も注意して言い慣れているのか底知れぬ威圧感を覚える一同。

そして話題は光太郎と花恋の話へ移る。

「でもよう光太郎、実際どうなんだ」

「どうって？」

ジロウの問いに首をかしげる光太郎。

そこへスイッと泳いで仲村渠と国立が寄ってくる。

「遠山花恋殿とのお付き合いさ～。どこまで進んだか興味はあるぞ」

「各駅ですか？　急行？　まさかの通勤快速⁉」

「どういう例え国立くん？」

「まあ、みんな興味あるんだよ」とジロウ。

気がつけば男子全員が光太郎を取り囲む様な構図になった。

「オデも気になる、なんて言うか、結構進展している気がする」

意外に鋭いボブ。光太郎は「このままじゃまずい、同棲《どうせい》を感づかれる」と逃げるように湯船からあがりサウナに直行する。

「逃げるな光太郎！　……持久戦に持ち込むつもりだな」

「いいぜ、勝負！　勝負！」

好戦的なクラスメイトたちは、こぞって光太郎の後をついて行く。

「ちょっとなんでついてくんの⁉」

「うん。あれだろさの最後まで入っていられたものが何度でも質問できる権利を手に入れる平等なサバイバル勝負だろ？」

「何が平等だよ！　実質二十対一の戦いじゃないか⁉」

「お前が勝ったら俺の好みの女性教えてやるからよぉ」

「聞き損だよそれ！　だってコロコロ変わるじゃないか！」

狼狽える光太郎、対してクラスメイトたちはサウナ勝負にやる気満々のようである。

「ふむ、サバイバルか受けて立つぜ」

「沖縄の太陽で鍛えた耐熱性能を見せびらかす時が来たようだ」

「弱冷房車で鍛えたこのボディが火を噴きますよ」

「冷房で鍛えたってどういうこと国立君⁉　あと吹いちゃダメだし！　……あぁもう」

ぞろぞろついてくるクラスメイトたち。結局断ることができない光太郎はサウナ対決を受ける羽目になったのだった。

「っしゃぁ！　しょうぶじゃぁぁぁ！」

ジロウの雄叫《おたけ》びと共に始まる我慢対決。

だが毎日厨房《ちゆうぼう》にて炒めものをし、沸き上がるサイフォンとにらめっこしている光太郎は意外に熱さに対して耐性がある。

「く、熊谷《くまがや》駅直通ですぞ」

「なんくるな……あるわこれ、シーサーになってしまう」

「オデ、普通に整いにイク」

次々とクラスメイトたちが脱落する中、最後まで張り合うのは――

「やるな光太郎」

ジロウであった。

「そっちこそ、よく耐えられるね」

「和菓子屋の息子なめんなよ、こっちは毎日熱々あんこかき混ぜてんだよ……あの熱さどうにかなんねーかな、水飴《みずあめ》も熱いし」

実家の手伝いの愚痴を言うジロウ。まだまだ余裕がありそうである。

「でよぉ、実際どうなんだよ？」

急に口調を変えるジロウに光太郎は汗を拭《ふ》いて問い直す。

「急にどうしたの？　そんなに気になる？」

「いや、教室じゃ最近神林《かんばやし》先輩まで来てるじゃんか。なかなか聞くタイミングがなくてな。遠山さんとの時間が大切だから引き留めるわけにもいかなくて、聞けるのは今くらいかなあと思ってよ。ちょっと熱いけどさ」

爆食ワイルド系ラーメンのようなボリュームある髪の毛をかきながらジロウ。

光太郎は本音を語る。

「まあ、悪くないよ。」

「一緒に暮らしてるのは順調か？」

「ッッッ⁉　なんでそれを⁉」

驚きを隠せない光太郎は前を隠すのも忘れ勢いよく立ち上がってしまう。

「おい、サウナで急に立ち上がるなよ。立ちくらみ起こしたらどうするんだ？　……まあ、でもそうか、やっぱりな」

そこまで言われた光太郎、自分がカマをかけられたことに気がついて「しまった」と口をへの字に曲げる。

「やられた」

「いや、まあ、確信はなかったけどよ。商店街の情報網侮《あなど》るなよ」

「筒抜けだったの？」

「遠山さんもなんか頻繁にバイトしてるって噂《うわさ》だし。それに、お前の伯父さん、遠山さんのお母さんと幸せだ、メシがうまいって言いふらしていたからな」

「叔父さんが犯人か！」

嘆く光太郎は坊主頭のデリカシー皆無《かいむ》人間のあの男を頭の中で蹴《け》飛ばした。

「で大丈夫か？　いろいろあるんだろう？　遠山さんもさ」

「まあね。これからの人気役者、自分と一緒に住んでいて良いものか僕はまだ悩んでいるよ」

「でも不可抗力だし、一緒にいて悪くないだろ？」

「そうだけどさぁ、最初から彼氏持ちならダメージは少ないか？　でも同棲ってどうだろう？」

「まぁ義理の姉弟《きょうだい》になるからそこまで問題じゃないいんじゃね？　お前は自分の幸せを考えろ」

ジロウの言葉は光太郎の耳には届かない。

「う～ん。もしもの場合は今の家を出て……実家に帰るのは最終手段だけれども……」

「そうか。それと桑島さんはどうだ？」

「どうだって、どゆこと？」

「あ、いや、何でもない。――もし桑島深雪さんが光太郎に行きすぎた好意を持っていて、普段の言動は冗談ではなく本気だったら？　そして同棲が彼女にバレたらどんな行動に出るか見当も付かない、今日の温泉宿泊も何かあるかと思ったが、何もないならまあいいが……」

ぶつくさ独り言《ご》ちるジロウを意識が朦朧《もうろう》としていると勘違いした光太郎はサウナから出るよう促した。

「何言ってんのジロウ。ほら、もうそろそろあがるよ。僕もスッキリしたしさ色々と」

親友が自分を心配する意味がわからない光太郎はサウナから上がる。

隠していたことが言えて体より頭が整った……そんな様子であった。


一方女子風呂では、花恋がすったもんだの末サウナに突っ込まれ急速脱水されていた。

「ふっか〜つ！」

タプタプのお腹は引っ込み、どことなく肌つやが良くなっている。

「なんと言いますか生命の神秘を感じますね」

「神秘かあれ？」

呆れる深雪に突っ込む千春。

ガバガバ飲んで吸収したドリンクを全部絞り出してエネルギーに変える。もはや人間スポンジ。代謝がいいという表現を超越した花恋だった。

「飲んだもの食べたものは絶対に吐かない主義なんだよねぇ、フードロス問題に果敢に挑む姿勢を褒めて褒めて」

丸山は自分のお腹をつまみながら。妄言を言う親友と自分の肉を交互に見やり羨《うらや》ましそうにする。

「いいよなぁ花恋は、あれだけ飲んで食べてもサウナちょっと入るだけでボディを維持できるなんてさぁ」

もはや恨《うら》み節の領域である。

「丸《まる》ちゃんはほら、それが売りじゃない？　コンパクトカーみたいボディがさ」

「なぜそこで丸みを帯びたクルマをチョイスするのかな？」

「それはそれで素敵だと思いますよ、昨今はコンパクトカーブームですし」

「そ、そうかな、私の時代来るかな？」

深雪に言われ、丸山は照れる。生粋《きっすい》のお嬢様に褒められて悪い気はしないのだろう。

そんなやりとりを見やる千春。高校生たちのノリについていけないのか早々に会話の輪から抜け出し一人体を洗っていた。

「へぇ最近の子はこういうの持ってんのかよ」

皆各々お風呂バッグを手にお気に入りのシャンプーやら、自分用のシャンプー、シャワーキャップ、アニメキャラグッズ等のものを集めている。俗に言うスパグッズである。

それを見やりながら、自分が女子高生の頃もあったなーなんて懐《なつ》かしそうに見あっていた。

「まあ私はビニール袋に無料アメニティ詰め込んでんだけどな」

節約貧乏生活真っただ中の千春はしみじみとため息をついた。

意識高い女子はスパバック持参で備え付けのシャンプーを使わない。

自分とは大違い、それが恨めしかった。

「昔はいつか必ず役者で金稼いでやると息巻いていたなぁ……あん？」

そんな中、逆の方向に意識高い系女子が隣に座る。

「どっこいしょ」

花恋である。ご多分に漏れずエスディージーズの申し子。彼女はスパバッグではなくパンパンに膨らんだビニール袋を持参していた。

「何だそりゃ？」

「ふぎゃ！」

まるで警察に咎められたかのようなリアクション。花恋はバツの悪い顔を見せて照れる。

「いやぁ、こういうところのアメニティってなかなか捨てられなくて……エコというか地球への愛、ちょっとした母性本能ですかね」

「ちょっとした母性本能ねえ」

ホテルに泊まる度に歯ブラシなど捨てられずどんどん膨れ上がった生粋の貧乏症ということか。

千春は絶句した――同類じゃねぇか、と。

さっきの行為といい今上り調子の……しかも人気読モのギャルがすることと思えずあらぬ疑いをかけてしまう。

「もしかして、そういうプロフィールにして人気取りに……じゃねぇなコリャ」

一瞬、事務所側の狡猾《こうかつ》な作戦かと思う千春だったが考えを撤回した。

ガサゴソガサゴソ――

バツの悪い顔をしながら袋を広げると中から古今東西のアメニティが現れる。安っぽいカミソリもあればちょっと高級なホテルの歯ブラシなどなど……

千春の視線に耐えられないのか花恋は身の上を語りだした。

「いや、あの、その、実はうち結構な貧乏でして」

「そうなのか？　その割には読モでいろいろな服を着ているじゃないか」

疑いの眼差《まなざ》しを向ける千春。

花恋は頬を掻く。

「いや、実はですね。あの服は、ほとんど事務所社長のお下がりでして」

「お下がり？」

「はい服に困っていて、もらうお礼にバイトで読モをやらせてもらって……何か知らないんですがそれが時代にハマったのかリバイバルブームが起きて人気が出たという寸法なんですよ」

「マジかよオイ」

「最新アイテムを一つ二つ身につけるだけでも『レトロと新時代の融合』とか持て囃《はや》されて少々申し訳ないというか。ただのお下がりを頭使って組み合わせているだけなんですよ」

「――フハハ！　なんっだそりゃ！」

千春は笑った、それはもう豪快に。

妙にツボに入ったようで体を揺らしながら笑う彼女に「そんな面白《おもしろ》いのかな?」とキョトン顔の花恋。

それもそうだろう、お高くとまった読者モデルのイメージが崩れ落ちたというか、自分に近い人間だったと笑ってしまうのだった。

彼女は目の端にたまった涙を拭《ぬぐ》うと花恋に注意した。

「ほどほどにしておけよ、盗んでいるのかって旅館の人から変な目で見られるから」

「え? じゃあ千春さんも? アメニティハンター?」

アメニティハンターという謎《なぞ》の造語にツッコむことなく千春は「内緒だぜ?」とはにかんで指を口元に添えた。

そして彼女は貧乏役者エピソードを話しだす。

「私はシャンプーとかよりボディを洗うスポンジとかを持って帰って台所洗ったりしているな」

「そんなテクが⁉」

その道(アメニティハンター)の先輩だと……いや、その道「も」先輩だと知った花恋の目はそれはそれは輝いていたという。

そして体を洗い終えた花恋は温泉にダイブ。

「アァァァァ、生き返る!」

湯船に浸かった花恋は心の底からの声を出す。

「やれやれ、汚い雄叫びですわ」

呆れる深雪。しっとりした黒髪が濡《ぬ》れて背中に張り付く様はまさに妖艶《ようえん》。

一方タオルを頭に乗せ大股開きで肩までガッツリ湯船に浸かる花恋、それはまさしくおっさんの姿であった。

「相変わらずだね花恋」と丸山。

花恋はなぜか誇らしげに指を立てる。

「これが私の売りなんだよ、丸ちゃん」

「おっさん化を売りにしてどうすんの？」

丸山は嘆息《たんそく》する。

「まったく竜胆《りんどう》君に幻滅されても知らないからね」

「何をいうおまるよ」

「おまるって……」

「光太郎君はこれをひっくるめてわたしを好いてくれてるんだよ」

だが、深雪は見逃さなかった。大股開きの花恋の足がゆっくりと閉じていく様子を。

「気にしてるじゃんか」

「う、うるさい」

その行動に対し深雪はこうつぶやいた。

「ふむ、やはり幻滅されている自覚はあるようですね。成長しているようで何よりです」

「ちょっと深雪、それは聞き捨てならないなぁ」

すごむ花恋に深雪は勝ち誇ったような顔を見せる。

「幻滅されている自覚があれば、今後起きる壮大などんでん返しの時もメンタルダメージ極小で済みますとだけ言っておきますわ」

「なんじゃそりゃ？　自覚はあります～愛されてます～」

しかし深雪は鼻で笑う。

なんてたってお見合いのアドバンテージがあるからだ。

しかも家族も同意となれば……それも御園生の重鎮「御園生鉄平太《てっぺいた》」から認められているのであれば、正に無敵。

ただ、彼女は知らない。

それが鉄平太の勘違いなだけで花恋と光太郎が今現在同棲していることなど。

知らぬが仏、深雪は勝利を確信しほくそ笑んでいた……それは烏《からす》の濡れ羽色が悪魔に見えるほど悪い笑みであった。

そんな彼女を尻目《しりめ》に、花恋はスィーと独り湯に浸かる千春の元に向かう。

「先輩、独りでどうしたんですか？」

「急に先輩呼びどうしたよ？　まぁいい大人だし高校生の輪には入りにくいんだよ」

「でも千春先輩もそう年変わらないじゃないですか。フケこむのは早いですって」

「こっちは色々やってるからな役者じゃ食えねーし、貧乏生活も長いからな」

「ほっほう、具体的には？」

興味津々な花恋に千春は温泉で顔を洗うと、数々の貧乏エピソード、自身の家庭環境を交えて話をし始める。

「昔っから身長高くて目立ってたんだよ、主役の脇に添えるのにちょうどいい役柄が割り当てられて……あとはいじめっ子役だな、わかりやすい役どころだよ」

いつの間にか丸山やクラスメイト、深雪も聞きいっていた。

「辞めたいって思ったことはないんですか？」

素朴な疑問が丸山の口から飛び出す。

千春は少しばかり困ったような顔をして本音で答えた。

「まあ、この歳《とし》になると、別の仕事にはあんまり考えられない……いや、考えたくないな」

「考えたくない、ですか」

「あぁ。辞めちまったらさ、いつ当たるかわからない宝くじを捨てることになるからな」

意外に話し上手で質問にも自分の経験も交え親身になって答える千春にクラスメイトたちの壁はいつの間にか取り除かれていた。

　一方この場で青木は温泉に入らず、そして付き人の仕事も放棄しながらロビーで何やら電話をしていた。

「どうも」

「急に連絡して悪いね、電話は大丈夫かな？」

「ええ、光太郎様の入浴姿を激写すべくお嬢様をクレーンで吊《つ》るす任務がありましたが……昨今のコンプライアンスを鑑みてドタキャンする予定でしたので」

「そうか、桑島家の使用人は激務だな」

「というわけでご安心くださいルイーダ……これが食事時だったらちょっと不機嫌になっていましたけれども」

　──ルイーダ。飯田瑠偉《いいだるい》からの電話に対応しているようだ。

　飯田は電話口で呆れているようだ。

「相変わらず君はフリーダムだな。学生時代と変わらない」

「早く用件を言っていただけますか？　何の用事もないのに電話をするタイプではありませんでしょう？」

「もちろんだとも、しかし温泉を後回しにしてまで電話を取ってもらえたのは光栄だな」

「そうですよ。あの女から目を離す訳にはいかないのに……もちろん大事な話なんでしょうね。

大事や面倒ごとなら桑島家の総務に一度取り次いでいただきたいものですが」

一拍置いて飯田はゆっくりと用件を話しだした。

「千春君を随分警戒しているようだけど、あまり敵視しないであげてくれ」

「それが用件ですか？　わざわざ……しかも、あなたがそれを言うんですか？」

青木らしからぬ感情の乗った声音。

飯田は相変わらずのんびりといった感じで話す。

「私の過去を気にかけてくれるのは嬉《うれ》しく思うが……もうだいぶ昔の事さ青木」

くだけた物言いが気に障ったのか、青木は語気を強めに言葉を返す。

「あなたを引退に追い込んだ人間を見すごせと？」

「彼女は彼女なりに苦労している。それにあの時のは事故のようなもの、千春君の本意ではない」

「本心ではないと言えども、あなたに不祥事の濡れ衣を着せたのあの女ですよ」

「当時の彼女はまだ年端もいかぬ女の子だ。善悪もわからず利用されただけの彼女は被害者でもあるんだ……まあ、まだあの事務所にいるとは思っていなかったがね」

「そっち方面は疎《うと》いのですが、そんなに悪いのですか？　その事務所」

「うん、悪徳も悪徳だよ。いい噂は一つもない。この前の安居《やすい》プロデューサーとかいう輩《やから》もあの事務所が捻《ね》じ込んだんだ。思惑はわからないがろくでもないことを企《くわだ》てていたんだろう」

「無法者ですね」

「どうやらバックにでかいのがついてるらしい。桑島でも御園生でもない連中が……まあいい、千春君はそんな人間ではないとだけ言っておくよ」

青木は「ハァ」と息をつく。

「温泉入る前に聞けて良かったです」

「なぜだい？」

「サウナでせっかく整った気持ちが台なしにならずに済んだと言うことです……そろそろ切りますよ。夕食を食べ損ねてしまったら、いよいよ何しに来たのかわからなくなりますからね」

「君は深雪君の付き人だろう」というツッコミをスルーし、青木は電話を切った。

「やれやれ、人がいいのかなんなのか、あんなことがあったというのに」

そのまま食事処《しょくじどころ》に足をむける青木は電話を見やり旧知の仲……人の良すぎる同級生に嘆息するのだった。


レストランは別館のフロアまるまる一つ使われた大食堂になっており一面の窓ガラスからは月明かりと竹林が堪能できる落ち着いた雰囲気になっていた。

窓際《まどぎわ》には夫婦やカップルが風景を肴《さかな》にグラスを傾けている様子が見える。

そこから少々離れた一角では修学旅行生よろしく光太郎とクラスメイトたちが今か今かと料

理を待ちわびていた。

料理はビュッフェではなく、なんとコース仕立て。

前菜からサラダ、オードブル、パスタ、肉料理と順を追っていく本格的な洋食コース。

修学旅行では堪能できない「おもてなし」。しかも保養所なので追加オーダーもびっくりするほど割安で提供されるから驚きだ。

余談だが青木は格安で堪能できるシングルモルトウイスキーを密《ひそ》かに楽しみにしていた。

「なんとか間に合いましたか、やれやれ」

学生諸君はその大それたコース料理にさぞかし緊張していることだろう。

その様子を肴に一杯楽しもうとしていた青木だったが――

「「「宴《うたげ》だ！！！」」」

なんて言うか、緊張どころか大いに盛り上がっていた。酒でも入っているのかと疑うような出来上がりっぷりにさしもの青木も片眉《かたまゆ》を上げる。

他のお客様に気を利《き》かせてホテル側が学生たちを隔離したせいで逆にレストランの一角はちょっとした宴会場のようになっており、それが騒がしさに拍車をかけているようだった。

前菜、パスタなどコース料理が運ばれてくる中、そんなの関係なしと言わんばかり。追加オーダーがバンバンと飛び交う。

「割安ですし、どんどん頼んでくださいね。お金に糸目をつけません」

深雪のその一言で遠慮という文字が彼らの辞書から抹消されたようである。

「アクアパッツァを追加で！　海人として海産物が気になってしょうがないんスわ」

「この牛タン美味ですな～。仙台の駅弁を彷彿とさせますぞ」

舌鼓を打つ仲村渠と国立。

ジロウは料理を口に運びながら「うーむ」と唸《うな》る。

「俺もお菓子だけじゃなく、こういう料理を作れればモテるのかな？」

隣の丸山とボブが怪訝《けげん》な顔つきになった。

「お菓子だけでも充分だと思うよジロウは。まあ、君の場合は外見と中身の問題だと思うけど」

「オデ、知っている、日本ではそれ八方塞《ふさ》がりってイウ」

辛辣な丸山とボブにジロウが声を上げて抗議する。

「それって全取っ替えしないと無理ってことだよな！　救いなしかよ！」

「まあ、普段が普段だからね。変なマッチングアプリなんて作ってないで真っ当にしていれば、多少はなんとかなるだろうにさぁ」

と丸山。ジロウは目をつぶり口元をひん曲げた。

「まっとうの意味がわからん。俺は最後までわるあがきしてみせる！　アプリの完成は俺の急務だ！」

「……大変ダナ」

ボブの一言に丸山は口をへの字に曲げたままだった。

そして花恋らはというと——

「ですよね！　ヒドい人間っていますよね！　インスタ女子とか！」

「そうそう滅んでしまえインフルエンサー」

千春と一緒にインスタ女子に対して大声で文句を言い始めていた。

肩を組む姿はもはや海賊、千春の方はお酒が入り饒舌《じょうぜつ》になる理由はわかるが花恋は学生なので素面《しらふ》……本気でインスタ女子を憎んでいるようである。

「あの、ちょっとその話はよくわかりませんけど……何かあったんですか？」

彼女らの間に挟まれている光太郎は非常に居心地が悪そうだ。

そんな彼の困り顔が三度の飯の次くらいに好きな花恋はウザ絡みを始める。

「わからないの？　まったく今どきの若い子は……ね～千春さん」

「まったくもうだ、いいから飲めや光太郎」

すっかり出来上がっている千春もウザ絡みをはじめ、手にしたカップ（コーヒー）をズイッと口元に押しやる。

「あの、もうそろそろコーヒーは飲めないんですが、お腹いっぱいで」

「光太郎君～先輩のドリップしたコーヒーが飲めないっていうのかな？」

「ドリップしたのはホテルスタッフさんでして、千春さんは何もしてないような気がするんですが」

「ひでぇ言い草だな！　何もしていない社会のお荷物とか、さすがの千春さんも傷つくぞ」

「今君は未来ある役者全員を敵に回したぞ」

「そこまでは言っていません！」

悪ノリの権化《ごんげ》と化した花恋と千春。何度も言うが花恋の方は素面である。

一方深雪はこの流れにご立腹かと思いきや――

「花恋さんの悪ノリを注意して光太郎様の信頼を寄せる……いえ、流れのまま肩を組んで光太郎様の柔肌を堪能するのも一つの手ですね……悩みますわ」

自分の欲望と信念に揺れていた。

深雪のことなど気にも留めず花恋の悪ノリは続く。

「ん～いいのかな～人生の酸いも甘いも知り尽くしている千春さんの薫陶を受けないぞ～ねぇ千春さん」

酸いも甘いもと言われた千春は急にアンニュイな表情になった。

「あったなあ色々」

含みのある言葉と共に影を落とす千春の表情。

その独り言は宴会の喧騒《けんそう》に吸い込まれ誰の耳にも届かなかった。

これは、かれこれ十五年近く前の私——辻千春の回想だ。

私は子役としてデビューしていた。

裕福ではなく姉弟も多い。私は毎日掃除、洗濯、料理と大忙し……とりわけ料理、献立を考えるのが一番大変だったのをよく覚えている。

姉弟の中で身長が高くて見栄えもそれなりに良い私は山師気質の両親に連れられ子役のオーディションに引っ張り出されることになる。

これが私の転機だった。背の高さで目を引く私は端役の仕事をもらえるようになり、気がつけば子役としてそれなりのキャリアを築いていた。うん、同年代の中では活躍していたと思う。

綺麗《きれい》どころの女の子を引き立てる凸凹役とかマセガキの役どころとか……結構有名なドラマの役どころももらえたりしていた。

そんなある日、事務所社長の小井川《こいがわ》が現場を訪れた。

珍しいこともあるものだと取りあえず挨拶。二、三言会話を交わすと、彼は藪《やぶ》から棒にこう言い出した。

「ああ、そうそう、飯田瑠衣君の落としものを拾ったんだけど。君、渡してくれるかな」

——飯田瑠衣。

自分たちの世代では知らぬものはいない有名子役でエース的存在。

そして私、辻千春にとって憧《あこが》れの人物だ。

憧れの人の落としもの、早く届けないと——

ある種の使命感に駆られた私は何の疑問も覚えず小包を手にその場を後にした。

今思えば怪しいと考えるべきだった。

なぜ社長自ら届けないで、わざわざ子供の私に預けたのか……と、考えることもせず私は彼女のもとに急いで向かった。

楽屋前の自販機前にて。

天使のようなたたずまいで彼女は台本手に壁に向かって一人練習していた。

少しでも隙間《すきま》時間があったら努力する。

休まず頑張っている姿は凛々《りり》しく、目が眩《くら》むほどだった。

彼女は私の姿に気がつくと小さく頭を下げ微笑む。

「どうしたのかな？」

年上だろうと年下だろうときちんと挨拶、私みたいな子供に視線を合わせる……その心づかいがスタッフからは好評を得るのだろう。

「あ、これ落としものだそうです」

恥ずかしさのあまり、うつむき加減にそれだけ言うと、私は急いで立ち去る。これ以上稽古の邪魔をするべきではないと思ったからだ。

ちょっとだけでも雲の上の人と話せたことで胸を温かくさせながら。

もう少しあの場に留まっていたらもしかしたら、私は今でも悔やんで悔やみ切れない。

数日後――彼女にスキャンダルが報道される。

「人気子役。衝撃の喫煙現場」という見出し。

それは私が渡した落としもの。中身を開けて確認している飯田瑠偉の姿を切り取った瞬間であった。

中身のタバコ、そして都合よく張り付いていた雑誌記者……全て落としものを手渡した小井川社長の策略だった。

無知な私は悪事の片棒を担がされたというわけだ。

一人の天才、自分にとっての憧れの人を自らの手で業界から追いやってしまったその業は幼い時分には耐え切れないものだった。

それ以降、小井川から同じような指示を受けるようになった。私が気がついているのかいないのかお構いなしに。遠回しに「もう逃げられない」「お前も共犯」と吹聴しながら。

恐怖に支配された自分に断れる道理はなかった。

もうやり続けるしかない――

私は役者業の傍《かたわ》ら、まるでスパイのように内側をかき回し事務所のために走り回る小間使いのような仕事を任されるようになっていた。

良心の呵責《かしやく》で逃げようと思ったことは何度もある。

しかし家のため、何よりここで逃げたらあの天才子役を追いやった事実に押し潰されてしまう。

「絶対に一流になってみせる」

あの人の代わりを私が埋めよう……そう都合よく自分を正当化させる日々が続いた。

業界で生き抜くためなら、自分のような何の才能もない人間が生き抜くためにはスパイだろうと小間使いだろうとやり切ってみせる。

だがいつしかその建前《たてまえ》も薄れ、芝居への情熱も薄れ、ただ日々を繰り返すようになってきた。

いつ当たるか見当もつかない「夢」という名の宝くじを握りしめながら――

「ふう」

まだ灯《あか》りのともるエントランスにて。

月明かりに照らされた庭園をぼーっと眺めながら、千春は「あの事件」を昨日のことのように思い出していた。

彼女は時折、今の「仕事」が自分にとって必要なことだと自分に言い聞かせる。情を捨てる儀式のようなものだった。

しかし――今回に限って彼女は情を捨てられなかった。

「思っていたのと全然違うな」

悪い奴だと思っていた、調子に乗ったチャラチャラしている読者モデル上がり。

心を痛めることなく仕事ができる——

だが花恋はチャラチャラどころか、むしろ苦労人だった。

それも家族のために、自分のために全力で芝居に取り込んでいる。

つまり自分と一緒の考え方を持っている人間だった。

ただ自分と一つ違うとすれば、事務所の恩義に報いるため、前向きに挑んでいるということだ。

「まいったな、本当に、まいった」

適当に嘘スキャンダルをでっち上げて降板してもらおうと考えていた。

ただ、それは芝居を、役者をなめていた読モというのが前提条件だった。

「でもやらないといけない。これが私の仕事なんだ」

そんな時である。売店からひょっこり光太郎が現れる。

「あれ？　千春さんどうしたんですか？」

「ああ、さすがに学生の輪に入ってアルコールを飲みすぎるのは良くないからな。お前は買い出しか？」

「あ、はい。じゃんけんで負けちゃって」

袋に入った大量の飲みものを見て「断ればいいのにと」呆れる千春。

人の良すぎる性格に一言文句を言いたくなったようだ。

「それがお前のいいとこなんだけどなあ、ちょっとは断れるようになるのも大事だゾ」

光太郎は苦笑いを返すしかない。

「よく言われます。治したいんですけれどもね」

「……まぁ、私もなんだけどな」

「？？」

首をかしげる光太郎は手が疲れたのか椅子にビニール袋を置くと千春の隣に座り一息つく。

二人は無言で庭園を眺めた。

ゆったりとした時間が流れる。悪い気はしない無言の空間だった。

そして光太郎はおもむろに話しだす。

「どうも昔から断れなくて、そのせいで色々大変だったんです」

「ま、見てりゃわかる。流されてスタッフとかやらされているの見てるとよくわかるよ」

「はい、本当断れなくて」

「ドラマ現場に来たのも『手伝って』とか花恋の奴に言われて来たんだろ？　あいつ押しが強いからな」

光太郎は小さくうなずいた。

「そう、ですね。ちょっと色々あって」

「色々？」

何気なく聞いた千春。

何か裏事情を探ろうとか、そういうわけではない自然な質問。

それに対し昨今のアレコレをジロウ以外にずっと相談したかった光太郎はうってつけの人物、千春を前にして例のことを話してしまう。

「実は僕、花恋さんと付き合っていまして」

「……うん？」

「その、周りに流されてしまいまして。本当は別の人に告白したかったのですが、なんていうか流れで付き合うことになって、そのままズルズルと……」

「え？　うん？」

いきなりとんでもないことをブッ込んできた光太郎に千春の表情は……固まっていた。

微動だにしない表情は時間が経《た》つにつれ、光太郎の言っていることがだんだんと理解でき、変な汗がジットリにじみ出していた。

「え？　おい？　何を言ってるんだ？」

「急にごめんなさい千春さん。でも千春さんだったら相談できるかなって」

千春は狼狽えるしかない。なんせ今勢いのある役者の卵で人気読者モデルの熱愛情報だ。

「それがこんな冴えない……いや」

そんなことは言えないなあと千春は自分に言い聞かせる。

人の良さ、気配り、行動力、この少年はどこをとっても有能。人が良すぎるのも長所だが、そこが唯一の玉に瑕《きず》と言ってもいい。

ドラマスタッフへの人心掌握能力を間近で見ていた千春は考えを改めていた。

「まぁ、言われてみりゃ意外にお似合いだな」

そう口にした千春。

だが納得し事情を飲み込んだ彼女に光太郎は更なるダメ押しのネタを暴露した。

「それで今、実は一緒に住んでいまして」

「…………ええ⁉」

これにはさすがの千春も表情筋が吹っ飛ぶ。納得し飲み込めた直後に先ほど以上のボリュームたっぷりなお代わり……お腹いっぱいで吐き出しそうな顔を見せた。

「え、は？　いっしょ……あん？　一緒？」

語彙力《ごいりよく》吹っ飛んだ千春に光太郎はその理由と真意を説明した。

「実は居候《いそうろう》している叔父と花恋さんのお母さんが結婚前提に付き合い始めまして——」

話を聞いたらごく自然なこと。

「あぁそういうこと」と納得できた千春だが、「誰か構成作家でもいるのか」といった間が良いのか悪いのかわからない流れに額《ひたい》に手を当てる。

「なんてコメディだよ。不可抗力だろうけどよぉ」

「ですよね」と光太郎は困り顔で笑う。

「それで、さすがに一人暮らしをしようか実家に戻ろうかどうしようか悩んでるっていうところなんですよ」

そこまで聞かされた千春は素朴な疑問を投げかけた。

「あのよぉ。なんで、それを私なんかに話すんだよ。いくら年上っても……」

光太郎は即答した。

「千春さんは信頼できるからです。だって真剣にお芝居に取り組んでいるじゃないですか」

「……あ？」

あっけにとられる千春、言葉を失いホテルのロビーにしばしの静寂が訪れる。

「――っと、そろそろ戻らないと。ではこれで、誰かに話せて良かったです」

スッキリした表情でそれだけ言うと光太郎は席を立った。

一人残されたた千春は呆気《あっけ》にとられた顔で呆然《ぼうぜん》と庭園を眺める。

「真剣ね……いや」

千春は二本目のチューハイを開けるとゆっくり飲み始める。

そして、まるで出かかった弱音を胃に押し込むように一気に飲み干したのだった。

後日、温泉旅行がお開きになった直後。

「……」

芸能事務所にて、千春は社長である小井川の前に立っていた。

直立不動。

普段のおちゃらけた雰囲気と打って変わって漂う物々しいたたずまい。

豪奢なソファーに腰をかけている小井川は何かを期待するように話しかける。

「で、首尾は？」

あいさつも、そこそこに成果を聞いてくる社長。

千春はいつもの軽口を叩く素振りも見せず閉口したままだった。

「なんだ？」

しばしの静寂が場を支配する。

小井川の飲んでいるブランデーの氷がカランと音を出して溶けた時、千春はようやく重い口を開いた。

「残念ながら、何もありませんでした」

その一言に激昂《げきこう》する小井川、ブランデーがこぼれそうな勢いで机をどんどん叩く。

「ないわけないだろ！　いや、なかったとしても！　でっち上げる些細《ささい》なネタの一つくらいはあるだろうが！　サボっていたのか⁉　もっとマシな言い訳をしろ！」

まくし立てる社長に顔を伏せ閉口する千春。

だが、彼女の言い分は変わらなかった。

「いえ、何も」

「……ほう」

千春の表情から「何かあった」と感じ取った小井川は机に身を乗り出し睨《にら》みつけた。

「あいかわらず演技が下手だな」

「なんですって？」

役者としてのプライドがあるのか、演技のことを言われ千春はむっとする。

そんなこともお構いなしに小井川、嫌みったらしくネチネチと責める責める。

「情にほだされたそんなところか」

「いいえ、そんなことは――」

「忘れるな、お前のせいであの天才子役『飯田瑠偉』は業界から引退したんだ。お前はもう逃げることはできない、それとも何か？　今更就活でもするか？　芝居しか能のない……いや、それすらも三流のお前に。接客業もまともにできなさそうな面に態度、免許もないだろ？」

罵倒するようにまくしたてる小井川。

「――ッ！」

千春はこの小井川の押しつけがましい言葉を子役時代から何度も聞かされていた。

自分は大した芝居はできない――

自分の罪から逃れることはできない――

自分は悪事に手を染め続けるしかない――

洗脳に近いことをされてきた彼女は小井川のその言葉を半ば諦めるような気持ちで受け止めていた。

だが、今日は違う、何か心に芯《しん》のようなものが芽生え、その罵倒を跳ね返していた。

「千春さんは信用できると思ったので」

思い出したのは実に毒気の抜ける光太郎の言葉。

「……ふ」

千春は彼の顔を思い出し「ふっ」と笑いがこみ上げてきてしまった。

「こんな女を信じるって？　お人好しすぎるね」

自嘲《じちょう》気味に小声で笑うと千春は顔を上げる。

それはいつもの調子に戻った不敵な笑みだった。

「やあ、無理無理無理っすわ。お相手さんガードも堅いし、でっち上げの証拠もビビッと来るものが撮れなくて。私もこの『仕事』引退ですかね」

「いいのか？　なくなるぞ、そっちだけじゃなく役者の方の仕事もだ」

「……」

迷いのある表情が浮かび上がるのを押し殺し。千春は無理矢理口元を吊り上げると力強く踵《きびす》を返しこの場をあとにした。

それは小井川と悪事から決別を無言の態度で突きつけたようであった。


桐郷《きりさと》駅から少し歩いた先にある「桐郷銀座商店街」。

別に銀にまつわるエピソードはないのだが、「○○銀座」と名乗ればお客さんたくさん来るんじゃないか？　じゃあ銀座って名乗ろうぜ！　という打算半分ノリ半分が理由だ。

その後、光太郎主導のでっちあげ地域活性作戦「桐郷のキッシー騒動」を発端に観光客が増えて桐郷銀座商店街は一躍有名になる。

地元の名物「キッシー饅頭《まんじゆう》」は今ではチョコ味の「元祖キッシー饅頭」苺《いちご》風味の赤キッシー饅頭に「ゴールドキッシー饅頭VSブロンズキッシー饅頭の抗争勃発《ぼっぱつ》！　食べ比べ勝負！」など様々なバリエーションや展開でコンビニにも商品を卸しているそうだ。もはや「後から出てきて元祖って何？　あんこの方が元祖っぽくね？」というツッコミは口にするのも野暮《やぼ》レベルのはっちゃけ具合である。

もはや悪ノリレベルでキッシーをこすり、話題になりそうなものには何でも食いつく姿勢は一部ネット界隈《かいわい》から「商店街界隈のブラックバス」と言われているとかいないとか。

芸能事務所から出た後、千春は何も考えず歩いていたらその商店街に辿《たど》り着いた。

昔は悪徳商工会のせいで潰れそうになった商店街だったが、その危機を脱したことで今じゃ団結感が増し、非常に活気に満ちあふれている。

その一角に光太郎が居候している「喫茶マリポーサ」があった。

レトロなたたずまいは昔ながらの喫茶店を彷彿させ見るものをどこか懐かしい気持ちで満たしてくれる。コーヒーだけでなくクリームソーダや固めのプリンを出してそうな感じの店構えといったらわかりやすいか。

何気なく店内を見ると、いかつい坊主頭の男がサイフォンと睨めっこをしていた。

そしてオーダーを取るエプロン姿の花恋。

そのオーダーを光太郎に伝える彼女の立ち振る舞いはどう見ても恋人のそれ。

おっかなびっくりな光太郎をバシバシ叩いて非常に雰囲気が良い。

「……」

千春は眉間《みけん》にしわを寄せ店を眺めていた。

この関係を壊すことができるなら。今すぐにこのネタを引っさげて事務所に謝りに行けば、戻れるかもしれない。

いや、それどころか前より良い扱いをしてもらえるかもしれない。お金だって――

しかし、千春はスマホのシャッターを押す気にはなれなかった。


「信頼できる人じゃないですか」

「先輩！」

彼らの無邪気な言葉が頭から離れず千春は悲しそうに微笑むことしかできない。

「やれやれ」

仲の良い二人にか、もしくは割り切れない自分にかわからないが、千春は笑いながら嘆息すると踵を返し帰ろうとした。

だが、その視線の先に予想だにしない人物がいた。

「やぁ」

「え？」

息をのむ千春。

彼女の目の前にいたのは何と飯田瑠偉であった。

そして傍らには青木。彼女は無言で千春の方を見やっている……いや、睨んでいると言ってもいい。

「……」

青木は気怠《けだる》そうに飯田の方を向いた。

「私はここまでですので、あとはご自由に」

「うん、案内ありがとう」

片手を上げて去って行く青木。

千春はしばし呆然と立ち尽くしていた。

「どうしてここが。あと、あの人とは……」

「まあ、彼女とは腐れ縁みたいなものでね。君の居場所を知りたいと頼んだら快く教えてくれたよ、まさかここにいたとはな」

昔と変わらぬ。冷たそうに見せて優しい雰囲気を纏《まと》う彼女に懐かしさを覚える千春。

だが同時に恐怖心を抱いていた。彼女を業界から引退させたのは他でもない自分なのだから。

そんな千春の気持ちを汲んでか、飯田は軽く肩をポンポン叩いてきた。

「まあ積もる話もあるだろう。少し喋《しゃべ》っていかないか、あそこでな」

柔らかい笑み。

しかし、千春には悪魔の微笑みのように感じられ思わず身をすくめてしまうのだった。

「いらっしゃい……あれ？　珍しいですね」

接客する光太郎は千春と飯田の顔を交互に見やる。

飯田はおしぼりを受け取ると軽い感じで笑顔を見せた。

「まあ訳ありでね……コーヒー頼むよ。千春君は？」

「……私も同じで」

会話はそれだけだった。

コーヒーが届くまで二人の間にはしばらく無言空間が漂っていた。

千春は膝に手を置いて、飯田はのんきに商店街の風景をながめている。

補導された少女と先生のような、そんな構図であった。

やがてコーヒーが届き口元に運ぶ飯田。

ふぅ、と一息ついて香ばしいフレーバーを堪能。そして、その香りを愉《たの》しみながら何気ない質問を千春に投げる。

「最近どうだい？　頑張っているじゃないか」

「……ええ」

「ついこの間も出演していたよな。あの作品、名前なんだっけ？」

「ネコ好き探偵の事件簿シリーズですか？」

「あーそれだ。事件の目撃者というちょい役だったが、いい雰囲気出していたよ」

自分の出演するドラマを見たという言葉に驚きを隠せない千春。

その疑問に返事をするよう飯田は笑ってみせる。

「なぜチェックしてるのかって顔だね。まあ、それは気になるからだよ」

「自分を貶《おとし》めた人間がまだ見苦しく、業界にしがみついているからでしょうか？」

やや自虐的な発言に飯田が片眉を上げた。

「感心しているんだ、芝居でメシを食う……すごいことじゃないか、少なくとも自分にはできないことだ……あぁ、嘘ではないよ、もうひとつ言えば嫌味でもない」

「それ。役者人生を終わらせた人間に向ける言葉でしょうか？」

そこまで言われた飯田は「失礼」と言いながら電子タバコを咥《くわ》えた。

「あ」

二人にとってタバコは因縁のあるもの。

タバコを吸う飯田の姿を見た千春の心境はそれは複雑なものだった。

「あの時、私は少々疲れていてね」

飯田は「あの日の事件」を思い出すように語りだす。

「自分のやりたい事が何なのか、これでいいのか、一番悩んでいた時期なんだ。君にもわかるだろう。子役の賞味期限ってやつさ」

「――はい」

千春は実感のこもった声で返事をした。

子役の賞味期限は短い。一説では声変わりとまで言われている……頑張っている役者本人にとってはたまったものじゃないだろう。

だが、千春はしがみついた。自分で天才子役の人生を終わらせたから……その「業」から逃げてはならないと、今時珍しいヤンキースタイルに身を包み、隙間を狙《ねら》うようなセルフプロデュースをしてまでも。

「賞味期限間近だったから終わらせて良かった？　そう言いたいんですか？」

「ま、そうかもな」

「ハッキリ言います、あなたは賞味期限の壁を越え、これから大きくなるべき人間だったんだ。それを、それを終わらせた人間の気持ち——」

言葉を詰まらせる千春に飯田は笑う。

それはもう、憑《つ》きものが落ちたかのような晴れ晴れとした顔つき。

恨み辛《つら》みは一片たりともそこにはない。

「終わりではない。あれは私の始まりだ。芝居だけでもできていればいいと思っていた自分との決別を君が後押ししてくれたと思っている。まあ、少々世間から叩かれたがね」

それすら楽しい思い出のように笑う飯田。

彼女は言葉を続ける、いじける千春を諭すあのような優しい声音であった。

「私は芝居が好きだが、演技が好きというわけではなかった。人並みに才能があったかもしれないが……どちらかと言えば人を見たり観察したりするのが好きなんだと気がついてね。養護教諭になった理由もまぁそんなところだ」

カバンから白衣の裾《すそ》を見せ飯田は笑う。

「いまさらかもしれないが、千春君。君は気に病むことはない。遅かれ早かれ私は辞めていた、その程度の話さ。まぁタバコもね」

電子タバコのミントフレーバーが千春の鼻腔をくすぐった。

「――ただ」

「何でしょう？」

「今のキミの振るわなさ、それにだけは少し遺憾に想《おも》ってるよ。君はもっと上にいける存在だろう……変な指示に言われるまま従って、それが足を引っ張っているのではないかな、と」

全て見抜かれていた千春は押し黙るしかできなかった。

小井川から出された裏の仕事が頭の片隅に常にあって、芝居に集中できていないのは事実だったからだ。

画面越しからそれを察したであろう飯田はプレッシャーにならない程度に軽いエールを送る。

「月並みかもしれないが頑張ってくれ、私の分も」

「でも……」

こんな体《てい》たらくで今更頑張れと言われても。半ば自暴自棄になっていた千春。

そんな彼女に飯田はそれとなくアドバイスを送った。

「そうだな、君の考えや芝居のノウハウを後輩に伝えてみるのはどうだろう」

「後輩に伝える？」

「あぁ、それこそが自分を成長させる答えの一つだ。人に教えることで学ぶことは山ほどあるぞ……これは子役の先輩ではなく、一人の教師としてのアドバイスだな」

「私なんかに、なんで」

飯田は窓ガラスに映った自分を見つめ困ったように笑う。

「そりゃ君と一緒の気持ちだからさ」

「一緒？」

「あぁ、あの時私がスキャンダルに対して強固な姿勢を取って業界から身を引かずにいたら、君をここまで傷つけることはなかったのではないか、てね。そういう意味では私も同罪なんだよ千春君、君一人が背負う業ではない」

「……ぅ」

「あと、今日まで声をかけてあげられず、すまなかった」

後悔混じりの飯田の言葉。それは千春にとってどれだけ救いになったことか――

「う、わぁ……」

ポロリ、涙がこぼれる。

許されたからこぼれた涙ではない。

――憧れの人が自分のことを気にかけている。そのことが、ただ嬉しいのだ。

嗚咽《おえつ》混じりで泣き出す千春を前に飯田がこっそり盗み見している光太郎を手招きした。

「すまない、そこの覗《のぞ》き魔くん」

「あ、う、はい」

「おしぼりを持ってきてくれないか、熱いやつをね」

涙ぐむ千春におしぼりを差し出す飯田。涙をふいた千春の眼は迷いなき澄んだ瞳《ひとみ》になっていた。

第４話　悪徳芸能事務所の嫌がらせは許せません！

夜半、小井川《こいがわ》の芸能事務所。

大仰《おおぎょう》な机にブランドものの本革ソファー……

人をもてなすより、自分が人生の勝ち組であることをアピールするために存在している雰囲気を醸《かも》し出しており、見る人によっては鼻につくだろう。少なくとも商談には向いていない。

そこに座るはオーダーメイドのスーツを着こなす小井川。

前に座するは対照的にみすぼらしい小男だった。

頬《ほお》もこけ背も丸くなってしまっている、着ている服も部屋着とも運動着とも区別のつかない代物《しろもの》だった。

「やれやれ」

小井川はその男に蔑《さげす》みの眼差《まなざ》しを向ける。

「……何か飲むか？」

「酒……酒を一杯」

即答する小男に小井川は再度嘆息《たんそく》する。

「ほらよ」

放り投げるように渡されたビールの酒瓶《さかびん》をものすごい勢いで飲み始める小男。

コップを手渡す前にほとんど飲み干す小男に小井川は呆《あき》れて肩をすくめる。

「ずいぶん落ちぶれたもんだな、安居《やすい》」

小男――安居はまるで水を飲むように出されたビールを飲み干すと。瞳孔《どうこう》の開いた獣《けもの》のような眼差しを小井川に返す。

「さすがに知ってんでしょう色々と……素性がバレたんですよ！　詐欺《さぎ》で前科ついたけど、なんとか経歴詐称《さしょう》して芸能界で内側に潜り込んでいたのに。あろうことか御園生《みそのお》家にバレて！」

安居――元プロデューサーで、その前は悪徳商工会の主導者として詐欺まがいのことをやっていた男。ドラマで自分の推すタレントを主役にするべく花恋《かれん》らを追い詰め、結果的に光太郎《こうたろう》に詐欺の前科を暴かれ、プロデューサーの座を追われた男である。

そんな彼に小井川は問う。

「最悪か？」

「はっきり言って最悪ですよ。桑島《くわしま》と御園生、どっちが怖いかと聞かれたら、私は断然御園生が怖いって答えるね」

「同感だ、芸能やっていると御園生は敵に回しちゃいけないって何度思ったことか」

「連中は町に溶け込んでずっと監視してジワジワと追い詰めてくる……おまけに町中にお達し

が出たのか悪さはもちろん普通の仕事すらできない有様。もううんざりですよ」

「噂《うわさ》には聞いていたが敵にしたらえげつないな御園生は」

「まったく身動きが取れない、もうお酒でも飲まなきゃ気が紛れませんよ」

最後の一滴までビールを飲み干した安居は物欲しそうに酒棚を眺めている。

「ねぇ。私はお前のために色々やってきましたよ。事務所のタレントに仕事を持ってきたり資金提供とかも銀行の間をもったりもした。ライバル事務所の足を引っ張り、圧力だってかけてきたさ。法に触れるか触れないかギリギリの線で……ずいぶん危ない橋を渡ってきましたよ、お前のためにね」

小井川は舌打ちして、もう一度酒棚を開ける。

「小井川さん、一番高い酒ですよ。監視を掻《か》い潜ってここまで来たんですから」

「大した用件じゃなかったら摘《つま》み出すぞ」

静かに語気を強める小井川。

安居は怯《おび》えることなく上を指さした。

「摘み出して良いんですか？　雇い主様からの連絡ですよ」

「……本当か⁉」

目を丸くして驚く小井川に安居は受け取った高級ブランデーをゴクゴクと飲み始め頷《うなず》いた。味わうという行為は微塵《みじん》も感じられない。全力で現実逃避をしているかのような飲み方だった。

「まぁ驚くのも無理ありません、ずいぶん久しぶりですからね」

「そ、それで、いったい何とおっしゃっていた？」

緊張で汗ばむ小井川を見やり安居は下卑《げび》た笑みを浮かべる。

「落ち着いて下さい、思うような結果が出せず首元が涼しいのはわかりますけどね」

「く……黙れ、早くしろ」

せっつく小井川にちょっと焦《じ》らすことを止め、安居は単刀直入に切り出す。

「例のドラマ、潰《つぶ》せとのお達しです」

「ま、マジか？」

机に身を乗り出し問いただす小井川、対して安居は飄々《ひょうひょう》としていた。

「ウソをついてどうするんですか？『あのドラマが自分の思い通りにならないなら潰してしまえ』だそうですよ……事実上の用済み宣言かもわかりませんね」

遠回しに自分たちは役立たずと言われたようなもの……小井川はそれはそれは落胆する。

そして八つ当たりとも取れる憤《いきどお》りを安居に向けだした。

「何をそんな落ち着いていられるんだ！　俺だけじゃなくお前も見限られたようなものだぞ」

しかし安居は不気味なほど落ち着いていた。

「一度失敗した身としてはこれ以上、信頼が墜ちようないのでね。むしろ仲間が増えて嬉《うれ》しいと……おっと冗談ですよ」

酒瓶を手に殴りかかる勢いの小井川を目にして安居はすぐさま取り繕《つくろ》う。

「なら何故《なぜ》そんなに落ち着いていられる！　俺もお前も、あの人の庇護《ひご》がなかったらただのチンピラなんだぞ！　何も持たないゴミみたいな……」

よっぽど惨《みじ》めな過去だったのか小井川は憤りと恐怖で震えだしていた。

一方、安居はというと現在進行形で惨めな状況だからか平然と笑っている。そしてポジティブなことを口にし出した。

「いえ、これは逆にチャンスだと思いまして」

「チャンスだぁ⁉」

「失望された後に見事要望に応《こた》えられたら普段以上に評価が上がるじゃないですか。起死回生ってやつ？　ほら、できない人間が急成長を見せたら覚えも良くなるでしょうよ」

「さぁな、できるんだったら最初からできていろと言いたいね」

「……これで大手芸能事務所の社長なんですから笑いますね。まぁいいでしょう」

安居は肩をすくめると机をトントン叩《たた》きながら自分の策を伝える。デキの悪い部下に言い聞かせるようで小井川は腹が立ったが黙って話を聞く。

「とにかく、要望通りドラマは潰す方向でいきましょう。でもゆっくり、ジワジワ、なぶるように……あなたが持っている芸能界隈《かいわい》のスキャンダルを駆使すれば容易でしょ」

「おい、時間をかけてどうするんだ？」

逆に怒られるのではないか？　そんなことを目で訴える小井川を安居は鼻で笑った。

「焦《あせ》って勘も鈍くなったんですか？　あなたらしくない……」

「いいから早く理由を教えろ！」

「理由はシンプルです、ドラマをじっくり邪魔して撮影を窮地に追い込むんです、撮影時間が削られるのは精神的にプレッシャーになるでしょう……今のあなたのように焦ること請け合いですよ」

返す言葉の見当たらない小井川は無言で睨《にら》むことしかできなかった。

「そう、追い込んで追い込んで揺さぶる。撮影時間は有限。最悪なのは撮影が不可能になることと……それを回避するためなら現場の人間は何でもするでしょうよ」

そこまで言われた小井川は安居の意図が理解できた。

「時間をかけて脅してこっちの要求を飲まざるを得ない状況に追い込めと」

「ご名答」と安居は下卑た声で笑う。

「そうそうそう、焦って『ヒロイン交代くらいなら』って言いだすかもしれませんね、えっへっへ……雇い主様に言われるまでは『ドラマを潰す』という選択肢はとれなかったかもしれませんが、今ならとことん追い詰められるでしょ」

「追い詰めて追い詰めて、もう中止一歩手前でヒロイン交代を要求しろってことか」

「万に一つ、首を縦に振らずドラマが潰れてしまっても雇い主様のご要望には応えられますし……最低限の仕事はできるとアピールできますね」

「相変わらず狡《ずる》い男だ」

最大級の賛辞だと言わんばかりに安居はニンマリ笑う。

「褒《ほ》めても何も出ませんよ、今は本当に落ちぶれていますので」

「ふん、また羽振りが良くなったら今日の酒代くらいは出してもらうか……さて、関係各所を脅していかなきゃならんな」

光明が見えてきて揚々《ようよう》とスマホをいじりスキャンダルを確認しだす小井川に安井が悪い顔を見せる。

「それでしたら、ちょっとした噂を仕入れてきまして。あくまで噂なんですが」

「やけに噂を強調するな、まぁ聞いてやろう」

「ええ、ヒロインの遠山《とおやま》、どうも同級生と付き合っていて一緒に暮らしているらしいですよ」

「なんだと⁉　同棲《どうせい》か⁉　そんなスキャンダルがあるならもっと早く言え！」

声を荒らげる小井川を見て安井はヘラヘラ笑っていた。

「でも実は親の再婚相手の連れ子とかなんとかってオチみたいです、竜胆《りんどう》光太郎って同級生らしいですが」

小井川は頼りなさそうな少年を思い出し「あぁ」と声を漏らす。

「あの少年か、どおりでよく一緒にいるわけだ」

「話の切り出し方によっちゃ脅しのネタに使えるかもしれませんよ」

「追い詰めた白沢なら正常な判断もできず勘違いするだろう」

まぁ不釣り合いだし「付き合っている」路線はないだろうなと小井川。

要件を終えた安井は帰り支度を始めていた。

「私はしばらく身を潜めます、成功の暁《あかつき》には雇い主様によく言っておいてくださいよ、安居は頑張ったと」

彼の言葉に小井川はアゴに手を当て考え出した。

「しかし、どういうわけだ？　雇い主は何故このドラマにご執心なんだ？」

「凡人には理解できないんですよ。御園生と桑島を潰すと宣言するほどの方ですし」

「確かに、そのために俺たちは長いこと桐郷《きりさと》にいるんだからな……半端物《はんぱもの》の犯罪者である俺たちでもここまで成り上がれたんだ、逆らえねえよ」

よほど「雇い主」が信頼できるのか、それとも心酔しているのか、二人とも目を爛々《らんらん》と輝かせていた。


その数日後のドラマ撮影。

スタッフ陣は仕事を繰り返しある程度打ち解けており現場の空気は非常に良くなっている。

人間関係が築かれていく前の緊張感はなくなり少々こなれた感じが出てきた頃《ころ》である。

現場の雰囲気は悪くない、しかし白沢《しらさわ》の表情は浮かなかった。

「問題は役者たちだ……まだ空気が硬いんだよねぇ」

白沢はそう独り言《ご》ちた。

撮影は正直、順調ではない。

白沢の要求するドラマのクオリティ、そのラインは高い。役者たちもその理想に追いつこうとしてはいるが……そのために必要なものが足りていないのだ。

必要なもの——それを一言で表すのなら、おそらく「団結力」であろう。

もちろんそれはなくはない。みなドラマに対する熱い気持ちは持っている。

しかし、その熱というものはバラバラだったりする。作品全体を考えるものもいれば自身のキャリアアップの事しか考えないものも。

「自分の出番だけしっかりやってればいい」「ドラマ全体のクオリティは気にしない、俺は悪くない」と考える役者は少なくない。

役者陣がバラバラで空気が重いまま時間もなくなり、結果出来上がるのは——

「ただの妥協の産物。それは嫌だな」

独り言ちる白沢。

そして「もったいない」と付け加える。

彼の口にする「もったいない」は色々だ。花恋と深雪《みゆき》の潜在能力を引き出し切れていないのはもちろんのこと、スタッフが一丸になっている非常にありがたい状況で思うような成果を出せていないのがもどかしいのだ。

スタッフがまとまっているその理由はもちろん光太郎だ。

「天性の人たらし」――そして力仕事も優秀、こういう人間が出世するんだなと白沢が唸《うな》るほど彼の活躍は大きい。

「今がチャンスなんだ」

急務なのは役者陣の熱量を引き上げること。主役である遠山花恋にみんなで協力して育てようという空気を作る必要がある。

「みんなで花恋君を育てて、彼女が結果に応えてくれれば、絶対にこのドラマの全てがよくなるはずなんだ」

そのためにどうしたらいいか？　そんな事を考えながら現場入りする白沢。

そんな彼の目の前では――

「で、ここなんだけど、もう少し流してやってもいいと思う」

「手を抜くんですか？」

「力みすぎなんだよ、もっと立てるセリフがあるのに抑揚がなくなってるんだよな」

「えぇ⁉　せっかくセリフもらってるのに全力でやらないともったいないないですか？」

「気持ちわかるよ同じケチだし。でも想像してみろよ、自己主張の強すぎるエキストラってどう思うよ？」

「えっと、まぁ、邪魔ですね」

「台詞《せりふ》の一つ一つもそういうことさ。立てる台詞、流す台詞いっぱいあるぞ。お前は全力投球しすぎなんだよ」

熱心に指導を受ける花恋、その指導をしているのはなんと千春《ちはる》だった。

白沢は驚いた。千春がそこまで芝居に熱心に取り組んで、全力で演技の相談にのるなんて、そんな姿を見たことがなかったからだ。

「その考えは後で後悔するぞ。もったいない精神はいったんしまっとけ」

「うぅ、グッバイ、マイＳＤジーズ」

彼女はまるで別人――

「いや、憑《つ》きものが落ちたって感じだな」

せいせいしたような千春、行動の隅々から清々《すがすが》しさを感じられる。

そこに光太郎が現れる。

「千春さん、深雪さんもお芝居のお話聞きたいそうです」

「あん、面倒くさいな……まぁいい、ここに呼んでくれ」

口では面倒くさいというが、彼女の顔は朗《ほが》らかだ。

そして、いつの間にか深雪だけなく、他《ほか》の役者も集まり千春の周囲はちょっとしたワークショップ状態となった。

　自分が何とかせねばと思っていたところにコレ……白沢は喜びを通り越しなんとも呆れた表情で笑ってしまう。

　その中心にいるのは光太郎。スタッフと役者の橋渡しを当たり前のようにこなしてくれる彼に白沢は話しかける。

「光太郎君ありがとうね」

「うん？　僕何かしましたっけ監督」

「僕の脳みその中身読んでくれてありがとう」

「急にどうしたんですか？　できるわけないじゃないですか！」

「アハハ、だよね。ゴメンゴメン、でもありがとう」

　白沢が光太郎を超能力者と疑うのも無理はない。

　この少年のおかげで、色々と事態が好転しているのだから。

「さあ！　これからだ！　何度もリテイクしてもかまわない！　最高の作品を仕上げてみせるぞ」

　一人の元子役「辻《つじ》千春」の心境の変化は現場に多大な影響をもたらし、ドラマのクオリティをぐんぐん上げていくことになる。

　しかし同時に、その雰囲気に水を差す連中が動き始めるなど白沢も光太郎も思いもよらなかったのであった。

そう、小井川がなりふり構わず邪魔をし始めたのである。

「すみません監督」

「どうした？」

一人の役者が困った顔をして白沢の元を訪れる。

「こんなこと監督に聞くのもアレなんですが、ケータリングの業者変わりました？」

「いや、そんな話は聞いてないんだけど」

「なんだか来てないんですよケータリング。あと細かい物品も届いていないみたいで」

「えぇ？　業者に何かあったのかな？　……うん、すぐ確認してもらうから待ってて」

そして指示を出す白沢、ＡＤが即座に携帯で連絡をとった。

「…………えぇ？」

電話で対応するＡＤの顔色がどんどん変わっていくのがわかり白沢は動揺する。

「ど、どうしたんだい血相変えてさ」

「あの、どうも業者にキャンセル入って、当分ケータリングは無理って言ってきたんです」

「キャンセルが入った⁉　何それ⁉　いたずらか何か？」

「というか『当分無理』ってのが要領を得なくて……」

「確かに……でも今はそっちじゃない」

そろそろ暑くなってきたというのに飲みものがない？　食事は士気にかかわる。

「これが事故ではなかったとしたら……」

最悪の考えが白澤の脳裏によぎる。

一言。

「どうしました？　監督」

そんな折、光太郎がひょっこり顔を出した。

トラブルに見舞われた白沢にとって朗らかな彼の笑顔は癒《い》やしである。

「実はね」

白沢は甥《おい》っ子姪《めい》っ子に話すような口調で今しがた起きたトラブルを説明した。

「というわけで悪戯《いたずら》か何かわからないけれども、ケータリングが急にストップしちゃってね」

「悪戯ですか？　穏やかじゃないですね」

光太郎はしばし考え込むと。何か思いついたような顔をする
「わかりました。ケータリングに関しては任せてください」

「え？」

力強い光太郎の言葉に唖然《あぜん》とする白沢。

しばらくしてお昼時には大量の打ち立て蕎麦《そば》やパンが現場に届けられることになった。

「あいよ！　更科蕎麦《さらしなそば》神林《かんばやし》ですっ！」

割烹着《かっぽうぎ》に身を包んだ神林先輩が汗だくになりながら岡持ちから蕎麦を並べていた。

それを手伝いながら、光太郎は感謝の弁を述べる。

「すみません先輩、急な注文を受けていただいて。何往復もしてもらって本当に恐縮です」

「気にすんな、お前のためじゃない――花恋さん！　頑張ってください！　ウチは蕎麦屋だからな」

暑苦しい神林のエールに困惑気味の花恋。

さらにもう一台の大型バンが現場に到着した。

「やっほい、花恋」

「丸《まる》ちゃん⁉」

バンの中から現れたのは丸山《まるやま》だった。こちらも神林と同様エプロンを付けての登場である。

「竜胆君に頼まれてね。サンドイッチにパン、とりあえずありったけ。あと飲みものも持って来たよ」

「ありがとう丸山さん」

「感謝はいいよ～竜胆君、ちゃんとお代もらうんだし」

急な発注に対応して配送車まで手配してくれた丸山に感謝する光太郎。

深雪もその献身的な行動に微笑《ほほえ》み一礼する。

「お代は桑島家につけておいてくださいませ神林さん丸山さん。私の実家がスポンサーですので……色付けてもらえるよう進言しておきますわ」

「桑島さんに名前を呼んでもらえた……それだけで俺は昇天できます！」

「了解！　お大尽だね〜桑島さんは」

女子に名前を呼んでもらえただけで涙ぐむ非モテの神林先輩にテキパキと仕事をこなす丸山。彼らに紛れて何故かジロウも運搬を手伝い一緒に並べているのに気がつく。

「ジロウ？　なんで⁉」

「あぁ、駆り出されたんだよ。丸山にな……やれやれ」

同じエプロンを着させられて不服そうなジロウに丸山は蹴《け》りを入れた。

「文句言わない！　友人のピンチなんだから！」

「いって！　ヘイヘイ……ああ、ウチのキッシー饅頭《まんじゆう》も次からケータリングで持ってくるんで。宣伝を頼むぜ光太郎」

「うん、わかった。ありがと……あれ？」

「オーイ！」

太い声を響かせ遠くから現れるは仲村渠《なかんだかり》、そして次々と岡持ちを乗せた自転車を漕《こ》ぐクラスメイトたちの姿が。

「み、みんな⁉」

「俺に手伝えることといったら、これぐらいよ」

「な、仲村渠君」

「ヒィヒィ……肉体労働は専門外なんですがね」

「国立《くにたち》くん」

「割烹着ハ日本の神秘、オデ、感激」

「ボブまで……」

クラスメイトたちの熱い協力に深々と頭を下げる光太郎。

とりあえずケータリング問題が解決しほっと胸を撫《な》で下ろす白沢だが不安は拭《ぬぐ》えない表情だった。

「監督、とりあえず問題は解決しましたが……気味悪いですね」とスタッフ。

白沢は苦渋の表情を浮かべる。

「一人心当たりがあるよ、こういうことを始める奴《やつ》にはね」

白沢の頭の中には、憎たらしい小井川の顔が浮かんでいた。

スタッフも同様に小井川を思い浮かべたようだが腑《ふ》に落ちない顔をする。

「だけどドラマの邪魔をしていったい何になるんでしょうか？　自分の事務所の役者もいるのに……あの人が再三言っている『推したいタレント』もドラマを失敗させたら元も子もないのに」

小井川の不穏な行動に得体のしれない恐怖を覚える白沢以下スタッフたち。

彼らは気づかなかった。小井川のバックにいる存在がドラマが潰れようがお構いなし、御園生家と桑島家のメンツを潰すことを目的にしているなんて。

これが序の口で、二の矢三の矢と嫌がらせの波状攻撃が待ち構えているなんて……誰も考えもしなかったのである。

事件は次の日も起きた。

ドラマ撮影は基本、スタッフによって成り立っていると言っても過言ではない。

カメラ、照明、衣装、メイク、タイムキーパーなどなど……それぞれ専門性がありドラマの撮影となるとクオリティも求められる。

そして、エキストラもまたドラマ撮影において重要なピースの一つである。

往来を人が歩いている風景撮影なんて一般人で代用が利きそうだが、撮影許可なく一般人を撮影をするとモザイク処理の必要も出てくる。

声を出さずに喋《しゃべ》ってる雰囲気を出す技術も必要だ、これもなかなか難しい。素人はカメラが回っていると途端に緊張し不自然さが垣間《かいま》見えてしまうこともある。

もしもエキストラが一斉にボイコットしたら――撮影に支障をきたすのは確実だろう。

「さて、今日も頑張るか」

いつもの帽子をかぶり、背伸びをする白沢。

光太郎と千春のおかげでスタッフと役者陣が一丸となっており、それは映像にもしっかりとはっきり伝わっている。

確かな手応《てごた》え——短くはない創作人生において、白沢は自身の代表作とも言えそうなものを撮影していると感じていた。

だが、その明るい未来に暗雲が立ち込める。

「監督！　あの！　大変です!!」

慌《あわ》てるスタッフに白沢の明るい顔は一瞬で曇る。

「……今日はどうしたの？　またケータリングないとか、そんな感じ？」

「いいえ違います！　エキストラが！　エキストラが来ていないんです」

「どういうことだ⁉」

白沢は唖然とした……慌てて撮影現場に行ってもエキストラの大半がおらず、スタッフが困ったように顔を見合わせているではないか。

「いったいどういうことだ？」

そこにタイミングよく小井川が現れた。したり顔でこの惨状を予《あらかじ》め知っていた……そんな顔付きである。

「お困りのようですね、監督」

「いったい、何をしたんですか？　いや、どうしてどうやってこんなことを」

もう犯人であることは百も承知として白沢は問う。

小井川は悪びれる素振りも見せず、何をしたのかつらつら喋りだした。

「いえね、呼びかけたんですよ。関係各所に、ちょ～っとこのドラマきな臭いんで出ない方が身のためですよって」

「そ、それだけ⁉」

「はい、それだけですが何か？」

「そんなわけあるか！　あんたいったいどんな手を使ったんだ⁉　呼びかけた程度でエキストラが来ない⁉　会社の信用にも関わるんだぞ！」

肉薄する監督に対し小井川は態度を豹変《ひょうへん》させる。

「脅したんだよ、いい加減に気づけ三流」

「なっ⁉」

急に態度がガラリと変わり輩《やから》のように睨みつける小井川。眼光鋭い目つきに白沢は後ずさりしてしまう。

「一応教えてやるぜ、こんな日のために脅しのネタを何個もストックしてあるんだこっちはな。普段はネタの一つ二つで事足りるんだが、今回は関係各所に不祥事の揉《も》み消しやら夜の店での失態などなど大盤振る舞いで脅させてもらったぜ、光栄に思えよ」

小井川のダーティプレイに白沢は唖然としていた。

「噂には聞いていましたけれども……なぜそこまでする？　ドラマ自体が消滅したら君のとこ

ろのタレントも大変なことになるんだぞ」

「タレントなんてどうでもいいんだよ。言ったろ、今回は特別だって」

「どういうことだ?」

「あんたには関係ないよ。ただ、この街の支配者面《づら》している御園生とか桑島が気に食わない奴がいるってだけ言わせてもらうよ。俺の要求を飲まなかったことを後悔すればいいさ」

路面に唾《つば》を吐きこの場を去る小井川。

白沢は「こんなことがあって良いのか」と愕然《がくぜん》としていた。

「おはようございます監督」

「おはようございます～……どうしたんですか?　腰やっちゃったんですか?」

「監督、腰回りのストレッチは大事ですわよ」

そこに光太郎と花恋、そして深雪が現れる。何も知らない三人は顔を見合わせるしかない。

「いや、その」

心配かけないと口をつぐもうとする白沢だったが……弱気になったのか、喋りやすい光太郎を前にしたからか、隠すことなく今起きた事の経緯を話しだした
「――ということなんだよ」

小井川がドラマ撮影の邪魔を――邪魔というのにはあまりにも悪質な行為。なり振り構わない彼の行動が理解できないと正直に話した。

「何ですか？　それ」と花恋。

光太郎も同様に驚いている。

「撮影を遅らせてドラマを邪魔して……そんな暴走に巻き込まれて、みんなが可哀想《かわいそう》ですよ」

一方、深雪は黙っていた。

「深雪さん？」

深雪は真剣な表情で顎《あご》に手を当てて思案している。

「ふもしかして御園生家や桑島家が気に食わないなど言っていませんでしたか？」

白沢は頷いた。

「確かにそんなことも言っていた。でも理解できないんだ、この前まで自社タレントを推していたのに」

「やりかねません『アイツら』ならば」

アイツらという含みのある言葉。

白沢は時計を見やって時間がないことに焦りだす。

「とにかく今日は撮影できる部分。エキストラなしでも撮っておこう」

「今日はって……明日からどうするんですか？」

「スタッフ総出で芸能事務所に声をかけるよ、最悪一回二回はなんとかしのげるかもしれないけれども、それ以上になったら本当に厳しくなる。手の空いているスタッフを投入するのも限度があるし……」

「そうだ……千春さん⁉」

「千春さんはいないんですか⁉」

慌てる光太郎と花恋に白沢は首を横に振った。

「あの子は小井川の事務所所属だ、たぶん来れるはずもないよ……」

「誰が来れないですって、監督」

聞き慣れたぶっきらぼうな声音が、光太郎たちの背後から飛んできた。

そこにいたのはスカジャンにジーンズ、人相は悪いが口元に愛情たっぷりの笑みを浮かべる千春だった。

「ち、千春さん、いいんですか？」

「いいんですかも何も、仕事は投げたことないんだよ私……あぁ、あと監督」

「な、なんだい」

「うちのバカ社長の思惑に気づいていた人が助っ人呼んでくれたんすよ、ほら」

千春の指さす方……そこには風格たっぷり、オーラを纏《まと》い外連味《けれんみ》あふれる面々が並んでいた。

どれもこれも映画やドラマ、CMで一度は見たことがあるような面々。俗に言う「名バイプレイヤー」な役者たちだった。

「どういうことだ、頼んでも来てくれる方々じゃないぞ」

恐縮と驚きが混じり引きつり顔の白沢に千春が答える。

「簡単な話っすよ、みんな小井川社長が気に食わないんですって、色々あったみたいっすよ。んで、この方々に声をかけてくれたのが――」

千春の指先には困った顔の飯田《いいだ》がいた。

「やれやれ、その紹介はいかがなものかな千春君」

白沢は飯田の顔を見て大いに驚いた。

「君はあの『天才子役』と呼ばれた――」

「よしてください。今はちょっと芝居をかじっただけの養護教諭ですよ」

「飯田先生！　保健室はいいんですか？」

駆け寄る光太郎たち、飯田は笑っている。

「あぁ、校長に頼んだら二つ返事でＯＫを出してくれた。私が代わりに保健の先生になるとか言っていたよ。絆創膏《ばんそうこう》と包帯の違いがわからないのが少々不安だね」

「さすが校長……一度も見たことないけどアグレッシブな人だな」

「ふふ、見たら驚くぞ――っと、話が脱線したな。色々察したので昔の友人に声をかけたのさ、エキストラとしてこき使ってくれ」

「昔の友人って……これだけで一本のドラマが撮れる、そうそうたる面々ですが」

一人の役者が朗らかに笑う。

「あー、私らも小井川に腹が立ってね」

同様に頷くベテラン一同、この風景だけでもＣＭのワンシーンかと絵になるくらいだ。

「あのギャラとか」

恐縮そうな白沢に女性ベテラン俳優が笑う。

「友情出演でいいわよ、瑠偉《るい》ちゃんの頼みだもの」

「す、すみません！　ありがとうございます！」

これだけのメンツがエキストラとして出てくれる。豪華すぎるエキストラとして話題を更に取れると白沢は息巻いていた。

しかし、嬉しい誤算でちょっとした問題が発生する。

「でもこれだけ濃い方々だと逆に浮くよな……一般人的なエキストラも欲しいな」

そこで光太郎は何か思いついたような顔をした。

「いますよ。ある意味自然体の逸材たちが」

それは彼らしくない、ちょっとだけ悪い顔だった。

「それでは本番！　５、４、３――」

――カチコン！

軽快な光太郎のカウントから打たれるカチンコ。

赤いランプが灯《とも》るカメラ。

その先では主演の花恋と芸能に疎《うと》い光太郎でも名前だけは知っているレベルのベテラン俳優の方々が芝居をする。

ここまで大人数の名バイプレイヤー陣が脇を固めるのは圧巻の一言。

そして、ベテランに混じってエキストラを演じているのは、１-Ａのクラスメイトの面々だ。

学校帰りの学生や一般人を一生懸命演じている。

「はいカット！　いや～いいねいいね。瑠偉ちゃん復帰しない？」

「勘弁してください。副業はいろいろうるさいんですよ」

朗らかな白沢に復帰の打診をサラッと断る飯田。

その傍《かたわ》らで――

「やあ、緊張したさ」

「本当ですね。チケットの取れない豪華列車に乗った時以上に緊張感がするとは思いませんでしたよ、ふへぇ」

「どうよ丸ちゃん⁉　私のプレッシャーを一割でも感じ取ってもらえたかね？　ん？」

「あーうん、大変な仕事だねこれ」

「へっへっへ、わかればよろしい」

仲村渠に国立、丸山などクラスメイトが一緒になってドラマに出ているのが光太郎は可笑《おか》しくて仕方がなかった。

花恋のオーディション前、皆が協力して屋上で一緒に練習していたおかげもあり意外に様になっている。

努力の跡、絆《きずな》の結晶。

これが映像という形として残るならこんなに嬉しいことはない。

そんなことを光太郎は考えながら笑っていた。

そこにビジネススーツに身を包んだ人間が現れる。

「あの本当にこれでいいですか？　スーツって……俺、高校生ですけど」

神林、大森《おおもり》、木村《きむら》の先輩たちである。彼等はかっちりしたスーツに身を包んでおりまるで営業回りのサラリーマンの装いだ。

監督の白沢は親指を立てて笑顔を見せた。

「うんうん、どっからどう見ても足で稼ぐ営業サラリーマンだよ。様になっている様になっている！　光太郎君の友達は演技も自然でバリエーションに富んで嬉しいね」

「そうですか？　自然な演技かぁ」

「なんか遠回しに老け顔って言われているようだけれども」

「まあドラマに出れるなら、おばあちゃんも喜ぶしオールオッケーさ」

釈然としないが褒められて悪い気はしないようで……先輩方はまんざらでもないご様子だ。

そんな彼らの肩をジロウが叩いた。

「いや先輩方、あっちよりましですよ」

議論が指先。そこには――

「オデ、こんな格好困ります」

アラブの石油王ファッションに身を包んだ山本《やまもと》・ボブチャンチン・雅弘《まさひろ》の姿がそこにあった。

「まあ、あれは仕方ないだろう。サッカークラブの一つや二つ持ってそうだし」

「その日の出場メンバーを気分で決めて。ファックスで送って来そうな、そんな金も口も出すオーナーっぽさを感じるような」

日本に中東、沖縄出身の巨漢に電車オタク、パン屋に和菓子屋……エキストラというにはあまりにもカオスでバリエーションに富んだ風景。見ただけで面白《おもしろ》そうと思える作品に素人目でも仕上がっている。

「行けるこれはいけるぞ」

と監督。撮影に確かな手応えを感じている。

そんな中、一人深雪は浮かない顔をしていた

「光太郎様」

「あ、はい。どうしました？」

「皆様が加わって私も嬉しく思っていますが……全て解決したわけじゃありません。小井川何某がまた邪魔をするのは明白です」

「そう……だね。あの雰囲気はまた何か仕掛けてくるかも」

過去、商店街に暴挙を振るっていた悪徳商工会の安居と同じ空気を感じた光太郎、深雪に心から同意した。

「おそらく、小井川何某の背後には御園生家か桑島家、はたまた両方に恨《うら》みのある誰かがいるのやもしれません。そこで私に良い作戦があるのですが」

「もしかして僕の実家の力が必要ということかな？」

「いいえ、ちょっとだけ違います」

「ちょっと？」

「ご実家の権力ではなく光太郎様ご自身の力が必要です。それがこの作戦を完成させることに必要不可欠。お願いできますか？」

目を輝かせる深雪、なんだか悪い予感がする光太郎だが——

「もちろんドラマのためなら頑張るよ、名誉スタッフだからね」

断れない男としてでもあるがスタッフの一員として自覚の芽生えてきた光太郎が首を横に振

るはずがないのである。

深雪は「ふふっ」笑うと頭を下げ感謝する。

「ありがとうございます、私に光太郎様、ついでに花恋さん、あとは――」

深雪はチラリ遠くに視線を送る。

そこには演出家と打ち合わせをする千春の姿があった。

「千春さんにもご協力いただかないと」

ニンマリ笑みを浮かべる深雪。こういう顔をする時の彼女は頼もしい反面非常に危険であると光太郎はまだ気がついていないでいた。


小井川の事務所前。大きなビルの入り口には四人の人物が並んでいた。

「よし」

一人は光太郎。度重なる現場への邪魔に辟易《へきえき》した彼の目はやる気に満ちあふれていた。

「さ、やりますか」

もう一人は花恋。彼女も光太郎と同様、意気込んでいた。

「さあ、行きますよ」

もう一人は深雪。一見落ち着いた様子でたたずんでいるが目が爛々と輝いており、一人だけちょっと毛色が違うように見える。

そして最後の一人は。

「……ふぅ」

千春である。いつもの勝ち気な顔はどこへやら。心あらず心配そうにビルを見つめていた。

「大丈夫ですか千春さん」

他の三人と違い憂鬱《ゆううつ》な空気を纏う彼女に心配そうに声をかける光太郎。

千春は少々頼りない声音で返事を返した。

「ああ、大丈夫……と言いたいところだけどよ、上手《うま》くいくか？」

それに対し深雪は自信満々に頷く。もちろん目は爛々と輝かせたままだ。

「上手くいきますとも！　なんてったって私の考えた作戦ですから！」

声高な彼女に花恋が半眼を向けた。

「ん～だから嫌なんだよな。ていうか私の設定がさぁ……」

「何をおっしゃいます⁉　あなた役者でしょ⁉　私の作戦通り演じ切ってくださいまし！　あ、光太郎様もよろしくお願いしますね」

「あ、はい」

「……本当に上手くいくのかね？」

同じことを何度も繰り返す千春の肩を深雪が揉んだ。

「そう不安な顔をしないでくださいまし、千春さんの負担はそこまで重くありませんので」

そして深雪は改めて自分の考えた一押し作戦を説明しだす。

「もう一度お伝えしますね、ドラマスタッフの光太郎様と私が熱愛しているという設定ですわ――桑島の長女と身分違いの少年の淡い恋……二人が人目をはばからず出会えるのはドラマの撮影中だけ。しかし何よりも大切な時間が小井川何某のせいで奪われてしまった……ですので今日はその交渉をしに来たという流れです」

陶酔するように「私の考えた素敵な恋模様」を語る深雪。

何とも安いメロドラマ、何とも彼女の都合が透けて見える設定だった。

「本当に納得いかないなあ」

「桑島家の名前を出せば説得力が三割増しでございましょう」

バチバチの火花が飛び散る二人に光太郎は困り話題をそらす。

「すいません千春さん、あの小井川社長との間を取り持つなんて難しい役を」

「謝んなよ光太郎君、あの男の事はガキの頃から知っているからよ……だからこそ手ごわいのは知ってんだけどな」

大手芸能事務所の社長としての小井川を知っている千春。あの男を出し抜こうとすることに、やはり不安がぬぐえぬようだ。

「で、作戦では、その後はどうなるんでしたっけ？」

千春が自信なさげに頭を掻いてみせた。

「花恋がドラマの主役の座を降りる条件と引き換えに、今後邪魔しないってことを約束させる書類に判をしてもらう……だっけか」

深雪は大きく頷いた。

「ドラマ再会の交換条件は相手が欲している『花恋さんの主演降板』……桑島家から金を積まれた花恋さんはいやしくも主役から身を引く、その代わり今後一切《いっさい》邪魔しませんという書類にサインをしてもらう算段です」

千春は頭を掻くと花恋に向き直る。

「もちろん主役の座、譲る気はないんだろ」

彼女は鼻息荒く「当然！」と語気を強める。

「降板はする！　するけど別に降板翌日に再登板してもルール違反じゃないもんね」

「主演を他の方に譲渡すると書いていないのがミソですね。そしてこの書類は今までの悪事の証拠に早変わりというわけでございます。脅しませんというのは裏を返せば今まで脅していた証拠になりますので」

千春は深雪に渡された書類に目を通すとパンパン叩き出した。ペラ一枚が揺れる。

「でもよう、そう上手くいくか？　相手は十年以上。業界で生き馬の目を抜いてきたやつだぜ」

不安げな千春に光太郎が問う。

「そんな手強《てごわ》いんですかあの人？　何か知っているんですか？」

「まあ、知っているさ、色々とな」

小井川の悪事、その片棒を担いでいたから知っているとは……年端もいかぬ少年少女たちには言えないと千春は口をつぐんだ。

あらかた説明を終えた深雪は芸能事務所の前で立ち止まる。

「私はここで別行動をとらせていただきますわ……光太郎様、お名残惜《なごり》しいかと思いますが」

「あ、はぁ……」

恭しく一礼する彼女に千春が困った顔をする。

「お、おい、どこ行くんだ桑島の嬢ちゃん、一緒に来てくれるんじゃないのか？」

「相手はそれなりに賢《さか》しい小悪党……桑島家の人間を前に隙《すき》を見せないかもしれません」

「確かにそうかもしれないけどよ……」

「千春さんは渡した収音マイクを必ず胸元《むなもと》に……皆様の会話が聞き取れないと上手にサポートできないかもしれませんので」

「サポート？」

首をかしげる花恋に深雪は含みのある笑みを浮かべた。

「えぇ、皆さま、この財界のお偉方を相手にした百戦錬磨《れんま》の桑島深雪を是非とも信じて動いてくださいませ……では」

颯爽《さっそう》とこの場を後にする深雪。取り残された一同はポカーンとしていた。

「ま、桑島のやり手お嬢さんだし、上手くいけばいいな」

「そ、そうですね……時間ですし行きましょう」

気を取り直した光太郎たちは意を決して悪党の根城へと足を踏み入れるのだった。

小井川芸能事務所――そこはまるでベンチャー企業のようなたたずまいだった。

数台のデスクに座って業務にあたっている社員はアロハっぽいシャツに身を包んでいる。

彼らの扱うノートパソコンには海外旅行した際のステッカーがペタペタ貼られており、身なりと相まって開放的な雰囲気を醸し出していた。

南国を想像させる青々とした観葉植物に広めのレストスペースも完備。

一見するとオープンな社風。

社員や所属タレントに自由とゆとりのあるワークスタイルを提供するホワイト企業のように見てとれる。

だがしかし、そのレストスペースは使われた形跡が少ない。清掃は行き届いているがまるで展示品……じっくり見ると生活感のないオブジェのような雰囲気を醸し出している。

「どうぞ」

そして事務所スタッフに案内された社長室へと連れて行かれた。

そこは打って変わって豪奢《ごうしゃ》の極み。「稼いでます」アピールをふんだんに散りばめている趣味の悪いレイアウト。どこをどう見てもブラック企業のそれであった。

「まったく、金持ちの気持ちはわからんですたい」

嘆息《たんそく》混じりで花恋はつぶやく。面白言い回しで誤魔化《ごまか》してるが表情は嫌悪感丸出しである。

光太郎も同じ気持ちだった。御園生家にもお金をかけた応接室はいくつもあるが……

「ここまで人がくつろぐことを考えてないレイアウトも初めてだ……」

「うん、まるで宝物庫だね」

言いえて妙な花恋の例えに光太郎は苦笑するしかない。

その玉座とも言うべき社長の席に――

「やあ、どうも」

小井川はふんぞり返っていた。表情は勝ちを確信したのか鼻の穴はめいっぱい広がっている。

「ようこそいらっしゃいました。まぁ、おかけください」

丁寧に座るよう促すが慇懃《いんぎん》無礼《ぶれい》な態度が拭い切れていない。

「勝ち確の顔だね……でも油断は禁物」

小井川は警戒心無い様子で一応はホッとする光太郎たち。

しかし表情からバレてはいけない、神妙な顔つきを維持しなければならない……花恋はそう自戒した。

神妙な雰囲気をできるだけ維持して腰をかける一同に小井川の方から話を切り出してきた。

「で、どういう要件かな？」

知っているくせにと内心思うが、自分たちの口から言わせせいたようだ。このやり取りだけで小井川がどのような人物かがうかがえる。かなり性根のひん曲がった人間だろう。

「ホント性格捻《ね》じ曲がってんなぁ……イロハ坂超えたんじゃない」

「栃木《とちぎ》県民に怒られるよ、一緒にするなって」

小声で嫌味全開の花恋をたしなめる光太郎。

彼らを尻目《しりめ》に千春が切り出した。

「小井川社長、あなたのおかげで現場は大混乱ッスよ」

「そうだろうね。いやぁ根回し頑張ったからね」

圧力をかけた事も悪びれずに、それどころかさも当然むしろ尊敬してくれと言わんばかりの態度に光太郎は怒りを覚えた。

「ッ……平常心、平常心」

必死になってその怒りを引っ込める光太郎。

しかし、花恋は作戦を忘れ我慢ならず食って掛かってしまう。

「なんですソレ⁉」

「ちょ、花恋さん。気持ちはわかるけど、今は……」

その時である。

スルッ……スルスルスル——

上空から一本のロープにぶら下がった深雪が窓の外からフレームインしてくる。

「「「――ッ⁉」」」

これには一同驚愕《きょうがく》。

無理もないだろう、大地主「桑島」のお嬢様がヘルメットをかぶりハーネスを付けて宙吊《づ》りで登場したのだから。

だが本人は真顔、至って真剣そのものの顔である。

そんな彼女の肩には数冊のスケッチブックが入ったバッグがかけられている。

「……フンス！」

ババッババッバ――

手際《てぎわ》よく、そして鼻息荒く、スケッチブックを取り出すと何やら書き込んでこちらに提示してきた。

『光太郎様・すみませんこのお方――』

深雪のサポート、それは何とカンペであった。

実にアナログなスケッチブックによるサポート。

「ええ……」

呆れる花恋。その表情を小井川は疑問に思ったようだ。

「どうかしたのかい？」

つける。

「い、いえ、何でも……」

ちょうど小井川の背後にぶら下がっている深雪はこちらの動揺など意に介さずカンペを突き

変に思われ振り向かれたら作戦もクソもないと……というかお嬢様が宙吊りの説明なんて

こっちもどうしたら良いのかわからないのだから。

とりあえず窓の外をなるべく凝視しないよう、チラチラとカンペを見ながら光太郎は提示さ

れた台詞を読み上げた。

「すみません。この子、仕事も恋愛も上手くいかず少々気が立っていまして」

カンペに従う光太郎。

実に攻撃的な台詞提示に思わず花恋は文句を言いたくなる。

「——こんにゃろ」

だがその憎々しい表情が功を奏したのか、話に真実味が増したようで小井川は食いつく。

「ほう、ずいぶん苦しそうだが……どういうことかね?」

バッバッバッバ……

待ってましたと深雪は自分で考え抜いた設定をカンペに書き出し光太郎の方に提示した。

「前もってお伝えしたかと思いますが、実は僕、深雪さんとお付き合いしておりまして」

パァァァ——

光太郎本人の口から夢のような言葉が飛び出し、自分で言わせたことを忘れ悦に浸《ひた》る深雪。ロープに吊られたまま上機嫌にくるくる回り出した。

窓の外でそんなファンシーなことが起きているなど知らず小井川が千春に問いかける。

「この話は本当か辻？」

「はい、言われてみたらおかしな点だらけでした。事実かと」

「――付き人に邪魔されていたって話はそういうことか、合点がいったよ」

独り言ちる小井川に深雪が目を爛々に輝かせてカンペを見せつける。

「……フンス！　フンス！」

「お、大っぴらに愛し合えない禁断の恋。ぼ、僕と深雪さんが堂々と一緒にいれたのはドラマの現場だけ……そのドラマが今撮影中止で――」

「なるほど、桑島のお嬢様と普通の高校生……自然に話せるのがここだったわけだ。それは悪いことをした……しっかし君みたいな少年とお嬢様がねぇ、お金目当てかい？」

全然悪びれずゲスい発言をする小井川。

心底腹の立つ態度だが光太郎たちはそれよりもせっせとスケッチブックに書き込む深雪の方しか目がいかない。

ッバッバッバ――

『光太郎様・桑島深雪の良いところをアドリブで』

今日一の無茶ぶりに光太郎は思わず「うわぁ」とつぶやいてしまった。

だが深雪の目はマジもマジ。

『これは相手に設定を信じさせるために必要です、必ず実行してください』

と、カンペで念押ししてきた。文章が用意されているのを見るにこのアドリブは計画のうちだったのだろう。

もはや執念すら感じる「アドリブ押し」に気圧《けお》された光太郎は絞り出すように深雪の良いところを語りだした。

「えっと、深雪さんはとてもいい人です、信念がありましてブレないところが僕になくて素敵だなぁと」

「断れない男」光太郎は自分にない彼女の芯《しん》の強さを真っ先に褒めた。

スッスッス……

『他には？』

理外のお代わり要求、深雪の出すカンペはもはやサポートでも何でもなかった。

褒め言葉の追加発注に顔をしかめる花恋だが光太郎は愚直に褒め言葉を連ねる。

「あとはですね、やっぱり気品もありますしお嬢様としてのたたずまいが素敵かと。ちょっと気後れするときもありますけど……」

――ファ〜……

自分で要求した褒め言葉にもかかわらず深雪は恍惚《こうこつ》の表情で昇天する……宙吊りのままで。

スルスルスル……

気を失った深雪は窓の外からいったんログアウト。屋上の様子は分からないが真顔の青木が引き上げている姿が目に浮かぶ。

「「「……」」」

好き放題やって気絶する深雪に呆れる一同。

その奇妙な連帯感に気がついた小井川は――

「さっきからどうしたんだい？　窓の外に何かあるのかい？」

気になって後ろを振り向いた、気を失ったのが功を奏したのか深雪はログアウト中、間一髪セーフである。

「気のせいか……あぁ少年、もうのろけは良いよ」

光太郎たちの方に向き直る小井川。

スルスルスル――

その動きと入れ違いに深雪がログインする。今度は鼻にティッシュを詰めた状態……興奮して鼻血でも出したのだろうか。

「真顔で鼻にティッシュって笑わせに来ているとしか思えないよ……」ヒソヒソ

「きっと青木さんだろうなぁ」ヒソヒソ

深雪の鼻に雑にティッシュを詰め込んでいる姿が容易に想像できる光太郎と花恋だった。

「話を戻そう、つまり僕は桑島のお嬢様の恋路を邪魔しているということか。だから早くドラマ撮影が再開できるよう邪魔をしないことと口止めを交換条件として……桑島のお嬢様の恋愛なんてバレたら大変だもんねぇ」

そこで小井川は花恋に素朴な疑問を投げかける。

「でも、いいのかい？　僕が言うのもなんだけどせっかくの主演の座だよ」

こんな他人の恋路のいざこざに巻き込まれて平気なの？　と悪党らしからぬ心配をする小井川。一方、遠慮もなく待っていましたと言わんばかりの表情の深雪。ペンが走る走る。

『遠山・へい、そうでゲス（媚《こ》びへつらうように）』

「……なんで私だけ呼び捨て＆変なキャラ付けなのカナ」

彼女は不服そうな顔をするも、与えられた設定を全うしようと演技に入った。

「へぇ、その通りでごぜえやす。スポンサーの桑島さんに降りろ、さもなくばこの街で暮らせなくなるぞと言われちまったら、ドラマどころじゃねぇもんで」

「念願の主演なのに？」

「世の中金が全てでございます。降りる代わりに結構な金額をもらえるので、主役に未練はございませんです、はい」

「あらら、だったら最初からお金で交渉すればよかったなあ」

少々過剰《かじょう》な演技だが、小井川は気にも留めていないようだ。

「グヌヌ……」

「落ち着け花恋、お前この短時間で演技力成長しているぞ」

千春のフォローがフォローになっているかはさておいて、小井川は一連の流れを疑ってはいないようである。

「まぁ、そういうもんか。僕も権力者には刃向かいたくもないからね」

良かった納得している。そしてこの流れで邪魔しないと約束させることができれば……というところで小井川がある爆弾をぶつけてきた。

「うん？　あれ？　僕が聞いた話じゃそこの遠山君と少年が付き合っていて、同棲もしてるって話を聞いたんだけども……やっぱりそっちの情報は間違っているのかな？」

「「ええ？」」

予想外のぶっこみに顔を見合わせる花恋と光太郎。

そして窓の外にいる深雪の顔面が飛び散っていた。

ビュンバッビュンバッ……

『くぁwせdrftgyふじこ――』

カンペに書き記されている文字はもはや文字とは言えない代物、ヴォイニッチ手稿のような難解な文字の羅列に怨嗟《えんさ》がにじみ出ている。

このまま窓を突き破って室内に侵入せんとする勢いの深雪、その異変を察したのか——

シュッ!

即座にログアウト、回収された。良い仕事である。

「ん? なんか殺気を超えた気配を後ろから感じたけど」

振り向くもそこには誰もおらず……小井川は首をかしげるしかない。

一方、その情報をなぜ知ってるんだ? と困惑する千春。

「……オイオイ作戦に矛盾が生じちまったじゃねーか」ボソリ

「あ、これ、なんかまずかった?」

小井川は地雷踏んだのかなと困ったような顔をする。

疑問を持たれる前に矛盾を誤魔化すべく、千春が気を利《き》かせフォローに回った。

「えっと、同棲というか。同じ喫茶店でアルバイトしてるだけですよ。変な噂ですねぇ」

——ズルン!

だが、そのアルバイトをしているという事実すら知らなかった深雪が血涙を流しながらログイン……ぬるりと、まるで妖怪《ようかい》の如《ごと》くである。

『なんですって⁉ それはいったい⁉ 聞いてませんでしたよ⁉』

そしてもうカンペでなく目で訴える深雪、口に出さずとも言っていることが手に取るようにわかってしまう、この短時間で念力の類《たぐい》を修得したようだ。とことん妖怪である。

くぁwせ
gyふじこlp

「あ、あぁ、アルバイトか……勘違いしやがったのか安居のヤツ」

カキカキカキ……ッッッ!!

『アルバイトぉ!? 好きを仕事にしてお金もらうのが今のトレンドと聞き及んでおりますが! 抜け駆けも大概にしろですわ!』

カンペで大クレームを訴える深雪。宙吊りで何かのデモをしている様な異様さは子供が見たら泣きじゃくること請け合いだろう。

「そうか、君のお母さんと少年の親が再婚したって情報があるから、それでゴッチャになったのかな? 小井川の独り言。これを耳にした深雪は――」

カキコキ……ッ!

『それも聞いていませんわ! おめでとう!』

カンペで「おめでとう」と祝福した、しかし顔面は祝福とはかけ離れた般若《はんにゃ》の顔だった。

「なんにせよ複雑な三角関係だね、さて……」

先ほどから漂う妙な空気と矛盾が生じだした状況を見て小井川は断片的な情報から色々と勘ぐりだし始めていた。

「別にアルバイトくらい普通だけど……でも、ちょっと動揺しすぎだよね? なぁ、辻?」

問い詰められる千春は言葉に詰まる。

小井川が「疑いだしたら手強《てごわ》い」のを知っているからか、彼女はどうしたものかと考えだす。

「――だから不安だって言ったんだよお嬢さん……ったく」

そして意を決したのか例の書類を差し出した。

「とりあえずこの書面にサインをください。社長」

「急だね、何か急がなきゃいけない理由でもあるのか？」

妙に急がせる千春。

先程とは打って変わって疑いだした小井川は怪しい書類に隅々まで目を通した。

すべて読み終わった後、彼は鼻で笑い出した。

「はん！　こちらの要求には曖昧《あいまい》で明言していないのに対して『もう脅しません脅迫しません邪魔しません』とこっちは悪事を認める形……こんな一方的に不利な書類にサインをしろと？お前、俺が何年この業界で生き延びてきたか知らねえとは言わせねぇぞ」

態度を一変させ、すごむ小井川。花恋も深雪も思わず喧嘩《けんか》を止めるほどだ。

だが千春は臆さない、何かを思いついた様子だ。

「しゃーねぇ、プランB発動といくか……」

「何をブツブツ言っている、こんな茶番で俺が騙《だま》せるとでも――」

千春は鋭い眼差しを小井川に向ける、犬歯剥《む》き出しでそれは普段見せる勝ち気な彼女の表情。

何かはわからないが腹をくくった瞬間だった。

「この書類はある意味『優しさ』だったんだけどよぉ。後悔するぜ社長、この書類にサインをした方がよっぽど良かったってな」

「優しさだぁ？　お前に何ができる三流役者」

ポッケに手を突っ込みソファーに背中を預け、天井《てんじょう》を見やる千春。

しばらくした後、ゆっくり息を吐くように小井川に視線を戻した。

「小井川社長、ここにいる少年……光太郎君が何者かわかって、そんな口をきいているのでしょうか？」

「どういう意味だ？」

訝《いぶか》しがる小井川。

そして急に自分の話題になり光太郎は大いに戸惑った。

「え、千春さん、何を――」

その動揺を悟られぬよう千春は言葉をかぶせるように「プランB」を炸裂《さくれつ》させた。

「ここにおわすは！　あの御園生グループの御曹司《おんぞうし》、『御園生光太郎』さん！　だぜ！」

「なんだと⁉」

目を見開く小井川、そして同様に驚く花恋と光太郎……

「あの、千春さんそれって――」

問いかける光太郎の言葉を塞《ふさ》ぐように千春がそっと耳打ちした。

「悪い光太郎君、ちょっとこの嘘《うそ》に付き合ってくれないか」ヒソヒソ

「あ、ウソ……はぁ……」

小井川が御園生を怖がっていると知っている千春の一世一代のブラフだった。

だが彼女は知らなかった。光太郎が「本物の御園生の御曹司」だなんて……まさに瓢箪《ひょうたん》から駒、いや十連ガチャで全部ＳＳＲレベルの奇跡だろう。

そんな超が付くほどの奇跡を起こしたなど露知らず、千春はおもむろに立ち上がると室内を歩き出す。まるで演説でもするような振る舞いだった。

「知ってますよ～社長、アンタが大地主の桑島家より御園生グループの方が怖いって」

ギョっとする小井川に彼女は犬歯剝き出しの顔を見せる。

「ま、芸能絡《がら》みじゃ桑島より顔が広いし、何より商売の邪魔する連中には容赦《ようしゃ》ないですからね」

「ぐ……」

弁の立つタイプの小井川が渋面で押し黙る。奇《く》しくも先日、御園生に追い詰められ落ちぶれた安居の姿を目《ま》の当たりにした彼にとってあまりにもタイムリーな話だったからだ。

小井川の目が泳ぎだすのを千春は見逃さず、ここぞとばかりに畳みかけた。

「桑島のお嬢様とお付き合いしている理由も、スタッフがあっという間に慕った理由も、これで納得できるんじゃないでしょうか」

「そういうことだったのか……」

色々と心当たりのある小井川は合点のいった顔をした。

もちろん、これは千春の考えた「辻褄《つじつま》合わせのでっち上げ」なのだが……

「あ、アハハ」

本当に御園生の御曹司である光太郎は苦笑いを浮かべるしかない。

「色々と合点がいく部分もなくはないが……だが、本当に御園生の御曹司なのかな？」

光太郎の苦笑いと先ほどの動揺を見逃さなかった小井川は疑いの眼差しを向ける。

「あ、ハイ」

「……ふ〜ん、ならいくつか質問させてもらうとしよう」

「えちょ、それは」

「何だ辻？　問題でもあるのかい？」

「……な、ないッス」

慌てる千春と弱気な態度の光太郎を見て信じ切れない小井川はソファーに背を預けると不遜な態度で質問した。

「御園生の御曹司なら現在の会長の名前は言えるよな」

答えられるかなと悪い笑みを浮かべる小井川。

光太郎は少々申し訳なさそうに即答した。

「祖父の名前は御園生鉄平太《てっぺいた》です」

「ほう、予習はしているようだな」

答えて安堵《あんど》する千春。一方花恋は光太郎が御曹司本人であることを知っているため笑いを堪《こら》えるのに必死のようだ。

「現在のグループ代表は誰だい? 兄弟がいたと思うがどっちかなぁ?」

「父の良一郎《りょういちろう》です、叔父の方は御園生とはまったく関係のない仕事をしています」

「……では御園生グループが何で財をなしたか知っているか?」

「個人貿易です、輸入雑貨にインテリア、珍しい食品を卸していました」

「ぬ……」

「ちなみにグループが展開しているスーパーで輸入食品が充実しているのは、その名残です。評判の高いグリーンカレーはプライベートブランドとして――」

満点の回答+α。

小井川は段々と居住まいを正していき、最終的には背筋を伸ばし手を膝《ひざ》に置いていた。

千春は簡単に答える光太郎の様を見て尊敬の眼差しを向けていた。

「スゲーな光太郎君」と目で語る千春。ただただ御曹司本人の光太郎は申し訳なさそうにするしかない。

「輸入雑貨の件はあまり知られていないはず……ま、まさか……本当なのか?」

動揺する小井川。

今しかないと花恋が耳打ちする。

「光太郎君、畳みかけるっきゃないよ」ヒソヒソ
花恋に背中を押された光太郎は小井川に詰め寄った。

「えっと、信じてもらえましたか？　僕としては穏便に済ませたいのでドラマ撮影の邪魔はしないでもらいたいのですが」

まだ下手に出る光太郎に小井川は開き直りともとれる言葉を連ねた。

「お言葉ですがね、この業界食うか食われるかなんですよ」

「あ、はぁ」

「わかるでしょう？　辣腕《らつわん》経営でのし上がった御園生さんなら、桐郷の土地で桑島家に匹敵《ひってき》するほどの勢力になった貴方たちなら。確かに少々スキャンダルをネタに関係各所を脅しはしましたが……これは必要悪、むしろ経営努力と褒めていただきたいくらいです」

「企業、努力？　ドラマの関係者や役者さんが困っているのに？」

「我々も思惑があって行動しています、ビジネスですよ。ビジネスに多少の犠牲はつきもの。こちらの努力を無下にするならある程度の便宜を図っていただかないと……ねぇ」

自分の事は棚に上げ、あろうことか交渉しだす小井川。

その態度に光太郎は――

「つまり、御園生家とやり合おうということですか？」

さすがに頭にきたようである。

「あっ、いえ」

「はっきり言いますよ、腹が立っています。このドラマは御園生もそうですが役者さんスタッフさん、桐郷の人間、色々な人が協力し関わっています。それをビジネスだと言って邪魔をする権限が貴方にあるのでしょうか？」

スタッフと一緒にドラマ撮影に携わった光太郎は思うところあったのだろう強めの語気で机に身を乗り出し小井川を問い詰めた。

気圧される小井川、芸能界で生きてきた彼だがここまで得体の知れない圧迫感と対面したことがなかったのだろう。

なるべく表情を変えないように努めるが明らかに虚勢であり動揺が見て取れ、彼の頬に一筋の汗が流れた。

「……」

「やるときはやる男」光太郎の男気炸裂である。

その横顔を見て、かつて悪徳商工会を潰した時のギラギラした顔つきの彼を思い出した花恋はキュンとしたようだ。

「やっぱズルいなぁ光太郎君、こういう顔もできるんだもの」

本気モードの光太郎は鋭い目つきで小井川を追い詰める。

「正直、武器みたいに御園生の権力を振るうのは好きじゃありません。でもね――」

さらに身を乗り出す光太郎。ついに小井川は恐怖に怯え、危険を察知したフクロウのように細くなった。

「で、でもね？」

「そっちがやる気なら手は抜かないということです、一生懸命な人を守るためなら実家の力を使うのに負い目はありません」

鋭い語気と射貫くような瞳《ひとみ》は修羅場をくぐってきた小井川がのけぞるほど。

辣腕経営者「御園生鉄平太」の血が流れる彼の本気に心の底から恐れているようである。

小井川の中では、もう光太郎が本物か偽物かという段階ではなくなっており「どう穏便にこの場を収めようか」という考えに頭を巡らせていた。

「あ～あ、シャッチョさん、この人怒らせたらダメネー」

彼の動揺を見抜いた花恋はここぞとばかりに追い打ちをかける……何故か片言で。

「真面目《まじめ》なんだよこの人。真面目ってわかる？　融通が利かないの。０か１００って感じでさ～手加減とかしないよホントに。あの逸話知っている？」

「あ、あの逸話ってなんだ？」

「ほら、数年前に悪徳商工会が詐欺で捕まったじゃない。あの詐欺師たちを追い込んだの実は彼……シャッチョさんも知っているんじゃない？」

「や、安居のことかッ⁉」

安居を……ついこの前あの男と会い、その落ちぶれっぷりに「こうはなるまい」と心に誓った彼は身震いする。

「そんな名前ダタネー、シャッチョさんも叩けばほこりが出るでしょ〜、末路が楽しみね〜、YouTubeに『芸能社長の末路』って寸劇を投稿したら三万再生くらいいくかなぁ」

末路と聞いて小井川は焦りに焦る。

「つ、辻！　助けろ！　お前も同罪だろ！　御園生さん、コイツも同罪なんです！」

見苦しくもがく小井川、千春はひどく冷めた目つきを見せる。

「あのなぁ、小井川さんよぉ……脅す側も脅される覚悟を持たなきゃダメだろ？」

「な、なんだ？　何が言いたい⁉」

「私はな、全部白状する覚悟はできてんだ、いつかアンタを引きずり下ろすためにな」

色々と察した小井川は千春に食ってかかる。

「お、お前!?　告発する気か！　やめろ！　お前の人生も終わるぞ！」

怒号混じりの小井川を前に千春は飄々とした態度を崩さない。

「もう終わってるよ、アンタに利用されたあの日から。光太郎君、私はコイツの悪事に関して証言する……共犯者としてな」

完全に脅す側脅される側が逆転している状況になっていた。

「……千春さん、それは……」

光太郎の言葉に千春は哀《かな》しげな表情を見せた。

「ごめんな光太郎君、私はさ、君が思うほど良い人間じゃないんだよ。そして感謝してる……罪を償う機会を与えてくれたことにさ」

「じ、自白するのか！」

「これが私のけじめだ！　ハメられたとはいえガキの時分から悪事の片棒を担がされ続け……三流役者抜け出せなくなった女の末路だ。でもな――」

千春はキッと小井川を睨みつけた。

「三流役者でも意地はあるんだよ‼　証言するぜ！　コイツの悪事を全部だ！」

「ウソだ！　コイツの言うことは全部ウソだ！　こいつは役者だ！　騙すのが上手いんだ！」

「オイオイ！　さんざん三流役者とか言っておいて⁉」

「うるさい黙れ！　こんな三流役者の言う事を誰が信じる！」

「ワシは信じるぞ」

「な、何だ⁉　――ゲェ⁉」

落ち着いた声音が廊下の向こうから聞こえ、何事かと一同が振り向くと、そこには――

「ホッホッホ、何やら面白いことになっとるようじゃな」

「じ、爺様《じいさま》⁉」

御園生グループの会長、御園生鉄平太がそこにいるではないか。傍らにはヘルメットをかぶった深雪と青木も。

「ど、どういうこと⁉」

目を丸くする花恋に青木が飄々と答えた。

「いえ、元々必要な証言や証拠が出揃《でそろ》ったら御園生の会長を呼んで場を収めてもらう算段でした」

「孫のピンチと聞いてな、ここまですっ飛んできたぞ。ワシも無関係ではないようじゃし」

鉄平太は朗らかに笑っている。

「ひ、必要な証言や証拠だって？　どこにある⁉」

「もちろんコレまでのやり取りは全て千春さんの収音マイクで録音しております、ポチッとな」

狼狽《うろた》える小井川に見せつけるよう青木はボイスレコーダーらしきものを取り出すと、皆に聞こえる大音量で音声を流した。

『──確かに少々スキャンダルをネタに関係各所を脅しはしましたが……』

「げ、げぇ⁉」

音声を録《と》られていたなんて……そこまで頭が回らなかったのは「ガキ相手ならどうとでも誤魔化せるだろう」という小井川のおごりが招いたものだった。

しかし事態は「御園生家の会長」が降臨するという異常事態。誤魔化しは一切通用しなかった。

「状況証拠じゃがこの音声で十分じゃろ」

なんとも用意周到な一連の流れに対し光太郎は困った顔をする。

「ちょっと深雪さん、爺様を呼ぶなら教えてよ」

「申し訳ありません光太郎様、でも敵を騙すには恋人からと言うではありませんか」

「味方じゃなかったっけ……ていうか爺様出したら僕らの出番いらなかったような」

ツッコむ光太郎に深雪は言葉を続けた。

「いえ、しっかりあの男から証言を引き出す必要がありましたし。温泉旅行で手配したクレーンも無駄になりませんでしたし、私の目的も達成できましたし万々歳《ばんばんざい》ですわ」

温泉旅行で引っかかるところもあったが、あることに気が付いた花恋は深雪に詰め寄る。

「あのさ深雪……この作戦もしかして最初から光太郎君が『君のことをべた褒めする台詞を録音』目的だったんじゃない」

図星を突かれた深雪は一瞬身をすくめる。

「恋人という設定の陳腐で甘いボイスドラマを収録し終えたら、とりあえず雑に御園生の会長呼んで解決してもらおうとか考えていなかった？」

「……ノーコメントですわ」

完全に茶番に踊らされていたと気がついた花恋はそれはそれは深い嘆息をしたという。

「はぁ……まぁ私もカッコイイ光太郎君の横顔見れたからよしとするか」

「あ、ちょ、それは卑怯《ひきょう》ですわ、写真は？」

「撮るわけないじゃない！　君じゃないいんだよ！」

一方、御園生の会長が来たのも驚きだがその重鎮と仲良く話している光太郎を見て状況の読み込めない千春は目をひん剝いていた。

「えと、光太郎君？　君ずいぶんと御園生の会長様と親しいようだけど、知り合いかい？」

「僕、本当に御園生光太郎といいます。御園生の、えっと……一人息子です」

その言葉を聞いて、千春は目が引っ込むほど酷《ひど》く驚いた。瞳孔が小さく萎縮《いしゅく》している。このまま黒目がなくなるんじゃないかと思わせるくらいの驚きっぷりだった。

「マジですか？」

「マジです」

「え？　じゃあ私の咄嗟《とっさ》に考えたウソが……ウソじゃなかった……こっわ……」

「まぁ、驚きますよね～全然ぽくないもん、光太郎君。鼻にかけないところも魅力的だよなぁ」

その傍らで孫の前だから張り切っているのか鉄平太は小井川に詰め寄っていた。

「さて、ワシの会社がスポンサーのドラマの邪魔をしていたというが……覚悟があっての狼藉《ろうぜき》なんじゃろうな」

小井川は、それはそれはわかりやすく脱力し土下座せんとする勢いで謝りだした。

「あぁぁぁぁ！　すみません！　俺いや私、頭がどうかしていまして！　わかりました！　そっちの交換条件を飲ませてもらいます！」

「交換条件？」

とぼけたように首をかしげる光太郎、和やかだが目は笑っていない。

「さんざん開き直って千春さんも脅して、あろうことかまだ対等でいるんですか？」

「あ、いえ！　滅相も――」

「花恋さんは真っ当に努力で主演の座を勝ち取りました、それを奪うために撮影まで邪魔して『交換条件』ですか？」

「まぁ条件があるなら聞くだけ聞こうかの……残りの人生を無味乾燥、かろうじて生きているだけで良いというならのぉ」

しかし小井川にとっては恐怖の対象でしかない。目の前で潰《つぶ》す宣言をされたのだから。

「ちょ、調子乗っていました！　ごめんなさい！　助けてください！」

「はい、もっと大きな声で」

「助けてくださいぃぃぃ！」

「だそうじゃ、光太郎」

「……ものが違うよ爺様」

尊敬半分呆れ半分の眼差しで鉄平太を見やる光太郎。嘆息し気を取り直して小井川の方に向

き直る。

「圧力を掛けて手を回した方々に連絡をし、謝罪とドラマへの邪魔をやめるように連絡してください」

「あ、はい」

「早く！」

「はいぃぃぃ!!」

もはや上司と部下。先ほどまでの不遜な態度はどこへやら、小井川は這《は》いずり回るように固定電話を取って方々に連絡し始める。

「うん……いえ……はい、すみませんでしたその件は――」

ムーブは完全にやらかした営業マンのそれである。這いずり回ってシワだらけ、脇汗が染《し》み出しているオーダーメイドのブランドスーツがさらに小物感を加速させていた。

小一時間が経過し、小井川は全ての関係各所に連絡を終えたようだ。

「こ、これで許してくれますか？」

「ワシは常々思うんじゃ、不良がちょっと良いことをしただけで褒められる風潮はいかがなものかと」

「あ、え、はぁ……」

「今までかけた迷惑はちゃんと償う、ゴメンナサイで済むのは年端のいかぬ子供だけじゃ……

あぁあと孫は許しちゃうかもしれんがな。というわけで続きはワシの友達の職場で聞こう」

「ゆ、友人の職場？」

「警察署じゃ、あそこの署長とは古くからの知り合いでなぁ……脅迫罪その他諸々こってり絞られると思うんで覚悟しとくんじゃな」

遠回しに「お前は終わりだ」と告げる鉄平太。

もう何もかも終わりだと思った小井川は虚《うつ》ろな目で天井を見上げていた。

「ふざけ、ふざけやがって……終わるのかよ、これで」

なんかもう抗《あらが》う気力もなくへたり込む小井川。

今後どうなるのかという不安や焦燥感。小井川はそれらが綯《な》い交《ま》ぜになった表情で狼狽えていた。この数分で随分と老けた様子である。

時間が経《た》って現れた警察官に連行される小井川。それを見送った後、鉄平太は千春に向き直った。

「急ぎでない、君も参考人としてあとで署に来てくれないか」

「あ、はい……」

恐怖と緊張で強《こわ》ばる千春に鉄平太は優しく声をかけた。

「飯田の瑠偉ちゃんから話は聞いておる、苦労したようじゃの千春君とやら」

「え、あ」

飯田の名前が出てきて驚く千春に鉄平太は笑う。

「ほっほっほ。ワシ、結構な芝居好きでな、瑠偉ちゃんとは仲が良いのじゃ。君のことは舞台やドラマで記憶しておるよ、味のある良い役者じゃ。ほんじゃ、精進せいよ」

「あ、ありがとうございます」

手を振る鉄平太に深く深く一礼した後、千春は光太郎たちに向き直った。

「悪いな光太郎君、それに花恋、深雪ちゃんも……良い先輩なんかじゃないんだ私」

彼女は自分が犯した罪、それについて謝る。

だが、誰も責めることはなかった。

「子役時代に騙されて、もう抜け出せない、あーだのこうだの言われ続けて……千春先輩は被害者だよ」と花恋。

「ほぼ洗脳ですわね、よろしくありません。でもこれからですわ！　今までの行為を謝る協力なら惜しみません！　桑島家が謝罪の席を設けますとも！」と深雪。

「軽蔑はしません！　最後、罪を償おうと行動で示してくれましたから」と光太郎。

少し目の潤んできた千春は誤魔化すように外を見やる。

「先輩をイジりやがって……覚悟しろよお前ら」

目じりを拭い笑みを向ける千春。

それは子役時代の彼女がそこにいるかのような稚気溢れる笑みであった。

エピローグ

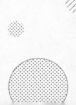

小井川《こいがわ》の芸能事務所による圧力はなくなりエキストラは復帰、ケータリングといったものも無事支給されるようになった。

だが全てが元に戻った……というわけではない。もちろんいい意味で。

この事態を乗り越えた現場は更なるパワーアップを果たしていた。

「いやぁ、五番六番手を演じるのも久しぶりだね」

そう、エキストラのサポートで訪れていた名バイプレーヤーたちがそのまま友情出演という形で残ってくれたのだ。脚本も急きょ変更、これによりドラマとしての味わいがグッと増したと脚本家もホクホクだ。

豪華すぎる脇役たち――ネット界隈《かいわい》ではこの配役がバズりにバズっているようだ。

「主役、食われねーようにな、花恋《かれん》」

「はい、千春《ちはる》先輩」

アドバイスに気を引き締める主役の花恋に千春がおどけてみせた。

「ん～、たしかに先輩だけどさ。一応、事務所的にはお前の後輩なんでな、よろしく頼むよ花余談だが小井川の事務所は度重なる脅迫めいた行為を追及され業界から総スカン……御園生《みそのお》家と桑島《くわしま》家も敵に回し残った仕事も全て失ったようである。

圧力をかけていた側がかけられる側になり終焉《しゅうえん》を迎える……

因果応報ここに極まれりといえよう。

千春は小井川の悪事に加担した禊《みそぎ》として芸能界から身を引こうとしたのだが……光太郎《こうたろう》や深雪《みゆき》に花恋の尽力、そして飯田《いいだ》や被害事務所側の声もあり「彼女も被害者の一人」と許される形になった。その時の千春の泣き顔は忘れられないと花恋は度々いじる。

読者モデルも兼任するようになった彼女は高身長のヤンキーな風貌《ふうぼう》が結構ウケているようだ。

長身強面《こわもて》な人間がちょっとした民族衣装やゴスロリに身を包むとギャップにやられる読者が続出していて一種のカルト的人気が出ているとのこと。

たちまち人気を得た彼女に花恋は恐々としているのだが……それはまた別のお話。

そして、もちろん彼らもまた継続してドラマに協力していた。

「更科神林《さらしなかんばやし》お待ち！」

「パンの丸山《まるやま》です～」

千春は小井川の芸能事務所を出て、花恋の事務所に移籍していた。

「もう、都合のいい時だけ後輩ですかぁ」

恋先輩。昼飯おごってくれよ」

「和菓子の鷹村《たかむら》『謹製玄米焼き団子』持ってきました〜季節の芋あん美味《うま》いっすよ〜」

ジロウ、丸山、そして神林のケータリングである。実はベテラン俳優勢が残った理由の半分がこの充実したケータリングのおかげだとかまことしやかに囁《ささや》かれているほど。

1-Aの面々や先輩もエキストラとして参加し現場は和気藹々《わきあいあい》とした雰囲気。

気力充実、最高のドラマが撮れそうだと白沢《しらさわ》はうなっていた。

そして時間は経《た》ち——

「はい！　一話クランクアップです！」

ウォォと現場に歓声が上がる。

「良いもの撮れましたか監督？」と花恋。

「まだまだこれからの編集次第だけれども、どんどん撮影して行くから頑張ってね花恋ちゃん」

白沢のエールに花恋は満面の笑みで「ハイ！」と答えた。

役者として順風満帆《まんぱん》な花恋を見て微笑《ほほえ》む光太郎。

しかし、笑いの大嵐《おおあらし》が吹き荒れることになるとはこの時、予想だにしていなかったのである。

数日後、御園生本家にて。

光太郎は祖父であり御園生グループの会長でもある御園生鉄平太《てっぺいた》の前に座っていた。

険しい顔の光太郎に対して鉄平太は満面の笑みである。

会長職と気ままな学生……表情が普通逆だと思うだろう。

しかし、これがこの二人にとっての普通なのである。

なぜなら――

「よく来たのぉ光太郎。ほれほうじ茶を飲め、和菓子も食え、あとお小遣《こづか》いが欲しいか？　ほれ、百万」

そう、御園生鉄平太はご存知ド級の孫バカなのである。

ほうじ茶、和菓子……この流れで自然に百万円の札束《さつたば》をポンと出す祖父に常識人の光太郎は険しい顔を向けるしかない。

「爺様《じいさま》、こういうの本当にやめて」

「なんじゃ疑っているのか？　しっかり百万あるぞ。確認するときはこう、端っこの一枚をつまんで落ちなかったら満額ある証拠になるぞ、ほれ」

「変な無駄知識を僕に教えないでよ……それと、この前ありがとうね」

「何、気にするでない。桐郷《きりさと》における不逞《ふてい》の輩《やから》を成敗するのは御園生の使命じゃからな」

この一連のやり取りを終えた後、光太郎は本題を切り出す。

その内容は彼にとってかなり重大な決断だった。

「ね、爺様。僕さ譲二《じょうじ》おじさんの喫茶店を出ようかと思うんだ」

「おぉ！　実家に戻ってくるのか！　歓迎するぞ！」

光太郎は申し訳なさそうに首を横に振った。

「あいや、それはさ、ちょっと違くて、どこか借りようかと思っているんだ」

「ん？　何か訳でもあるのか？」

鉄平太はアゴに手を当てて唸《うな》った。

光太郎もなかなか本当のことを切り出せずに少し困った表情である。

（だって、花恋さんと一緒に住んで気まずいから出て行きたいなんて言えないよな）

多分、譲二が結婚する話も伝わっていないだろうし……と考える光太郎。叔父の結婚のことを今言うと話が「絶対」ややこしくなると察し、そこは敢《あ》えて伏せていた。

この配慮が後に大きな勘違いになることなど、光太郎はまだ知らない。

鉄平太は訳知り顔でその理由を当てようとした。

「ふむ、それはズバリ女の子のためじゃないのかね？」

「えっ、どうしてそれを？」

驚く光太郎に鉄平太は好々爺《こうこうや》のような笑みを浮かべる。

「ホッホッホ、そりゃ孫のことじゃもん。そして――実は結婚が関わっているのではなかろうか？」

またまたズバリ。叔父の結婚が関与していることを的中させられた光太郎は、気味が悪そうな顔をする。

「あのさ、もしかして探偵を雇った？　爺様さ、家族間でそれはちょっと嫌だなぁ」

あらぬ疑惑をかけられ、慌《あわ》てふためく鉄平太。

「辣腕《らつわん》経営者」と呼ばれた姿は孫の前では見る影もない。

全否定する鉄平太に光太郎は疑惑の眼差《まなざ》しを向ける。

「いやいや、そんなわけないじゃろ！　探偵を雇ったのは昔のことじゃ！」

「……やってんじゃん」

「仕事じゃよ仕事！　昔この桐郷を乗っ取ろうとした外資系ファンドがおっての、そいつらを懲らしめるために――」

「ハイハイそういうことにしておくよ。でも、叔父さんの喫茶店を出ようとしている理由。もうわかってくれたよね？」

「うん、まあ。一言。おめでとうと言わせてくれ」

「それは僕に言うことじゃないよ。急いでないからさ、割安で入居させてくれる賃貸あったら教えてね、ワンルームで構わないから……お金はいつか払うよ」

「出世払いか楽しみじゃな」

「いい物件がなかったら、場合によっては実家でも大丈夫。ごめんね、急にこんなこと言って」

それだけ言って去ってゆく光太郎。鉄平太は椅子《いす》に背を預け一息つく。

「桑島の嬢ちゃんとの結婚がそこまで進んでいたとはのぉ」

とんでもない勘違いをする鉄平太は頬《ほお》をポリポリ掻《か》いていた。

「実家じゃ色々やりにくいじゃろ、ならば用意してやろう素敵な新居をのぉ……さあ、忙しくなるぞ、これから」

まさかの勘違い、そして別の意味で御園生家そして桑島家が忙しくなることなど……鉄平太も光太郎も知る由《よし》はなかったのである。

あとがき

本日、人生初めてのエステに行ってきました、ちなみに当方アラフォーのおっさんです。

……いや、なんというか別に美に目覚めたわけではないのですが、旅行先のホテルでエステを割安で受けられると耳にしまして「何事も経験」と挑んだ次第です。

近所のチェーン店のマッサージしか受けたことのない私はドキドキしながらエステコーナーへ。温泉で毛穴を広げてきたのですが緊張も相まって汗だくだったと記憶しています。

したたる汗を拭き、清潔感あふれる「ザ・クリニック」な受付で申し込みを済ませいざ出陣。

施術内容は「フェイシャルエステ」……初めてで全身エステはちょっとハードルが高いと顔だけにしました、メンタルがチキン野郎なんです、はい。

そして案内されるはムーディな間接照明に施術台、柑橘系のオイルであろう香り漂う施術室。

そこに横たわり顔面にスチームを受けながらいざ人生初エステ。

「チキン野郎にスチームってヘルシーな字面だなぁ」なんてくだらないことを考えているとパックやら何やら顔にヌリヌリと……緊張で顔が強ばって「男梅」みたいな顔になっていたことでしょう。そして顔面「男梅」な私の目元口元を美容液しみしみであろうコットンをぺたり。

その後は首やら肩をオイルでタパタパ揉みほぐされと至れり尽くせりの極楽でした。

デコルテ――鎖骨周りなんかも施術を受けまして……現在、首元からスイートオレンジの香りが漂うサトウに仕上がっております。

……重ねてお伝えしますが当方アラフォーのおっさん、今後の人生で鎖骨を出す予定なんてありません、鎖骨出すくらいならたぶん上半身裸になりますよ。

――今、公園で半裸になって寝っ転がっているおっさんを想像したそこの貴方、正解です。世界中にいる上半身裸で寝そべっているおっさんを足して割った平均がだいたい私の容姿なので。そんなおっさんの鎖骨からは今、甘い柑橘系の香りが漂って……っと、変な想像をかき立てさせる前にまずは謝辞を。担当のまいぞーさま。いつも的確な助言などありがとうございます。肌じゃなくて筆の腕を磨けという的確なツッコミの方は後で個別に承りますのでご容赦下さい。

イラストのたん旦さま。素敵なイラストをありがとうございます、特に口絵三枚目の光太郎達の表情、自分が欲しかったヤツです（笑）

関係各所の皆々さま。出版にあたり尽力していただいて本当にありがとうございます、拙い作家ですがこれからも頑張っていきますのでよろしくお願いいたします。

そしてこの本を手に取って下さった読者の皆様には頭が下がる想いです。ホント、ご購入いただいた方一人一人に頭を下げてお礼したいくらいです。

これからも頑張りますので皆様よろしくお願いいたします。

頭を下げる度に鎖骨からオレンジの香りが漂うサトウ。

ファンレター、作品の
ご感想をお待ちしています

〈あて先〉

〒105－0001
東京都港区虎ノ門2－2－1
住友不動産虎ノ門タワー
ＳＢクリエイティブ（株）
GA文庫編集部 気付

「サトウとシオ先生」係
「たん旦先生」係

本書に関するご意見・ご感想は
右の QR コードよりお寄せください。

※アクセスの際や登録時に発生する通信費等はご負担ください。

https://ga.sbcr.jp/

隣のクラスの美少女と甘々学園生活を送っていますが告白相手を間違えたなんていまさら言えません 2

発　行　　2024年1月31日　初版第一刷発行
著　者　　サトウとシオ
発行人　　小川　淳

発行所　　SBクリエイティブ株式会社
〒105－0001
東京都港区虎ノ門2－2－1
住友不動産虎ノ門タワー
電話　03－5549－1201
03－5549－1167（編集）

装　丁　　AFTERGLOW

印刷・製本　中央精版印刷株式会社

ISBN978-4-8156-1789-9

Printed in Japan　　GA文庫